梦想之旅

Unforgettable journeys to take before you die

走进梦想者的天堂

【英】史蒂夫·沃肯斯 Steve Watkins

克莱尔·琼斯 Clare Jones　著

吕晓冉　译

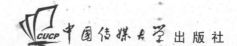
中国传媒大学出版社

目 录

前　言

俗话说千里之行始于足下，但是当今社会随着科技日新月异的发展，千里之行可以始于鼠标轻轻的一点。媒体对旅游景点的报道让我们足不出户便可一览天下美景，更重要的是因特网引发了一场信息革命，使我们能够轻而易举地了解世界任何一个角落的风土人情。

对于某些人来说，完全没有亲自出门旅行的必要，在他们看来，通过别人的眼睛看世界也未尝不是一件好事。但是事实上，不管你在网上看过多少名山大川，读过多少书籍杂志，看过多少电视节目，你所得到的乐趣仍是大打折扣的，是无法与亲历这些美景相提并论的。

你也许想要去南极的冰川探险，亲身体验欧内斯特·沙克尔顿（Ernest Shackleton）的故事，做坚忍（HMS Endurance）号的船员；或是深入卢旺达的丛林，寻找深山大猩猩的足迹，你的亲身体验将会完全颠覆你以前的所有假设和脑海中的想象。照片无法带给你那深蓝色的冰河上刮过的凛冽的寒风，或是令你与母猩猩零距离接触，坐在她旁边，望着她怀抱婴儿，趣味盎然。作为摄影师，我们就是想要更近距离地捕捉一切有趣的画面。

我们知道这本书会被归为"媒体报道"这一类型。我们希望通过本书的图片资料和文字描述能激发你丰富的想象空间，令你燃起对旅行的憧憬，并且最终付诸行动。正如这一系列的其他几本书一样，我们努力做到力求真实再现我们的旅程。我们所描写的旅行适用于所有人，并且用我们的相机来记录我们的所见。我们没有时间等待拍摄的最佳光线和时机。

为了编写这本书，从寻找资料、组织到最终的旅行，其中经历了很多挑战与辛苦，最终的成果也是喜人的。如果我们所描述的旅行途中见闻足够吸引人，那么也许早已经有游客亲自体验了书中的旅程——有些幸运儿也许已经尝试了大半。另外，每个人都可以有自己最喜爱的旅行路线和方式，未必要遵循书中所写。与我们结伴而行的游客们就很有自己的想法，每次与他们讨论对于旅程的安排都令我们获益匪浅，让我们深切地感受到人类的冒险精神与探索游历的激情。

令我们痛心的是我们越来越多地发现地球是如此的脆弱，人为的破坏已经使得地球表面千疮百孔，我们感到肩上的担子很重，有义务去保护和关爱那些美丽的景观和生物。如果旅游的本身是使自然景观和野生动物面临濒临灭绝的危险,那么旅游本身的乐趣也会大打折扣。如果我们想要更多的人也加入到旅游的行列中来,那么就应该接受更加严格的控制,来管理和保护旅游景点。谢天谢地,那些组织旅游的机构明白这一点,他们也正在试图尽可能地在自然保护和服务于人之间达到平衡。他们的努力不会白费,但是作为游客的我们也应该贡献出自己的一份力量,担负起自己应尽的一份责任,处处考虑到生态保护的需要。我们能够理解游客在价格不菲的旅行过程中如果与狮子、棕熊无缘见面会极其失望。但是,如果你要求百分百的见到那些野兽,这会给工作人员带来很大的压力,导致自然环境的破坏、降低生态保护的标准等一系列恶性循环的开始。我们的旅行一定会收到预期效果,这让我们意识到旅程本身就是一场身体和心理的考验,加上旅途中的不确定性所带来的刺激,这才是旅行的真正目的。

此书囊括的并非只有经典旅程,比如66号线或圣地亚哥,还包括一些鲜为人知的旅行,比如在瑞典北部与拉普人一起追寻驯鹿的迁徙以及在波茨瓦纳骑马游历。书上列举的并非绝对完全,也不是按照特定的顺序排列。240页上的地图为你指出这些旅行的具体位置。

在我们的记忆中,印象最为深刻的莫过于那些最不起眼的细节。早上醒来时在巴塔哥尼亚冰山顶端的一个小帐篷里,帐篷已经被凛冽的寒风吹得不成样子(完全可以不用管它),当我们最终鼓起勇气离开温暖的睡袋,将头从帐篷里探出来的时候立即被眼前迷幻的美景所震惊,橘黄色、红色、蓝色的光在菲茨罗伊花岗岩尖顶跳动——这一刻转瞬即逝。8年前,曾经与一位一起去南极洲旅行的同伴交谈,他被医生诊断为只剩下3个月的生命,但却倔强的拒不接受死神的安排,奇迹般的战胜了病魔,从此以后便抓住每一次机会做自己毕生想做的事情。一位加拿大女性放弃舒适的飞机,坐了两天火车,从丘吉尔到温尼佩格,重走了她母亲当年走过的路。虽然现代发达的交通已经使旅行变得畅通无阻,但旅行仍然是一件很私人的事情,富于挑战性和成就感,与当年沙克尔顿船长驱使"坚忍"号到南极冒险时一样。

奥卡万戈三角洲骑马

Riding the Okavango Delta

博茨瓦纳 Botswana

博茨瓦纳的奥卡万戈三角洲（Okavango Delta）是世界上当之无愧的最为精彩的野生动物之旅的目的地，在洪水过后的草原上策马扬鞭，大象、长颈鹿，还有一两头狮子就在附近。

亲眼看到在野生环境下生存的动物已经是令人叹为观止了，相比之下，骑在马背上还是乘坐观光车好像并不是那么重要了，但是骑在马背上你可以体验到成为大自然的一部分，而不仅仅是一个观光者的感觉。在你兴致勃勃地沉浸在大自然中的时候，不免会激发起我们人类原初时的回忆，那一瞬间我们好像又回到了祖先猎杀动物采集野果的时代。

在三角洲浅水域里信马由缰

傍晚在冲积平原骑马

　　在非洲，有很多地方可以畅游，但是博茨瓦纳的奥卡万戈三角洲的地位无与伦比，这是一片相比较而言未经开发的处女地，所以是大型动物的乐园。数百头大象在广阔的草原上奔跑，还有狮子、猎豹、黑豹、野狗、长颈鹿、河马以及其他各种各样的野生动物。

　　这片三角洲位于博茨瓦纳北部马翁（Maun）以西，由库邦戈（Cubango）和奎托河（Cuito）交汇形成，这两条河发源于安哥拉高地，最终汇入奥卡万戈河。这条河流经平坦的平原时降低了流速，形成浅浅的运河，给周围的半沙漠地区带来了郁郁葱葱的生机与活力。几千座小岛由此形成，为野生动物提供了生存空间，也为游客提供了露营的地点，其中包括马卡图（Macatoo），这是进入三角洲地带游历的露营基地。

从马翁机场到马卡图露营地大约需要30分钟的车程，它位于主要的运河岸上，这里落日景色迷人——如果你幸运的话，你还会有与大型动物正面近距离接触的机会。无数优良的马匹供你选择，还有职业导游带领，以及一群工作人员为你提供服务，这里的露营地可以为你提供绝佳的骑马经历。虽然骑马本身就非常的有趣，但是绝不仅限于此——美味的食物、露天环境享用美食、巨大的豪华帐篷完全可与总统套房相媲美，使你的耗时三四天的旅行精彩异常。

长颈鹿以周围的树丛为掩护　　成群的鹤落在水面上

警觉的黑斑羚　　骑在马上可以靠近野生动物

每天两次骑马旅行，这意味着你可以深入三角洲探索。早上导游会带你去美丽的湖泊，那里盛开着迷人的莲花，你可以策马驰骋。这不同于其他的骑马经历。周围溅起的水花形成了美丽的彩虹，身上脸上被凉爽的河水打湿，确实很有意思。马也热爱这片水域，会撒欢儿奔腾，所以要奋力勒住缰绳。你浑身上下都会湿透——但是博茨瓦纳温暖的太阳将很快将你的湿衣服烘干。

三角洲上的高草

在骑马的过程中你很可能会遇到大型动物。坐在马背上，你可以更近距离地观察大象、长颈鹿和许多其他的动物，因为马的靠近并不会使它们感到威胁。随着距离的拉近，你的心跳也会逐渐加速，全身紧张起来，导游会提醒你保持一定的距离。骑在马上比坐在观光车里能更近地贴近大自然和野生动物。

傍晚的骑马活动比早上的还要精彩，此时周围更加沉静，金色的夕阳洒在绿草青青的三角洲上，动物们出来猎食饮水，非洲的生机活力便爆发了出来。回到营地，脱下靴子，一边品着杜松子酒，一边看着大象和长颈鹿悠闲地走过，这种感觉真是美妙极了。最好的活动是泛舟运河上，看着夕阳消失在地平线上。

当你围坐着餐桌，尽情享受着美酒美食，倾听回荡在静静的夜空中动物的叫声，这一天就在心满意足中结束了，你将会发现这次骑马的经历所带给你的回忆将永远挥之不去。

在骑马过程中一定会浑身湿透

旅途资讯 ▫┄┄┄┄┄┄┄┄┄┄┄┄┄┄┄┄┄┄┄┄┄┄┄┄┄┄▫

包括非洲马背漫游旅行社（African Horseback Safaris）在内的多家旅行社为你提供骑马游历奥卡万戈三角洲的服务。你可以在营帐内住宿三四个晚上，甚至更长时间。包括完美旅行（Tim Best Travel）在内的多家中介机构将为你安排英国航空公司或其他航空公司飞往博茨瓦纳的航班，并负责机场到马翁的车辆。非洲马背漫游旅行社将为你安排从马翁飞往马卡图露营地的航班。

三角洲被洪水淹没

11

马卡图露营地平静的水域

马卡图露天进餐

傍晚在三角洲骑马

在马卡图露营地看到的三角洲的落日

冰峰探险
Ice cap trek

巴塔哥尼亚 · 阿根廷
Patagonia, Argentina

马可尼（Marconi）冰河深深的裂缝

攀登马可尼冰河

如果你向往北极或南极的冰川雪景，但是又不想面对面的挑战冰川，或是害怕
遇到北极熊，那么阿根廷的南部冰峰（campo de hielo sur，南冰原大陆）为你提
供了"极地"探险的又一选择，它被人亲切地称为"第三极"。脚下的冰层年代久
远，有1000米厚。在这座冰峰上行走可以见识到一万年前冰河时代末期的地球表面
状况。

南部冰峰长达350多米，是地球上除了极地以外最大的冰山，是仅次于南极
洲和格陵兰岛之后的第三大冰河。攀登这座冰峰时会带你来到巴塔哥尼亚的冰川
（Los Glaciares）国家公园。穿过静谧而又原始的白桦树林和奔腾的瀑布，路上
是由冰川流水汇成的小溪，你最终会到达一片一望无际的冰海。

冰河下方满是碎石

巴塔哥尼亚跨越阿根廷和智利两个国家，面积达80万平方公里。这里有高山、冰河、峡谷和平原。巴塔哥尼亚在智利境内发源于蒙特港南部，在阿根廷境内绵延到南科罗拉多河。将这两个国家分开，并且一路海拔急升，冰峰上常年积雪。从这里留下的雪水汇成许多巨大的蓝绿色湖泊。巴塔哥尼亚在火地岛终结，意思是"世界尽头"，也是美洲大陆最南端。

热闹的艾加拉法地镇（El Calafate）是南部巴塔哥尼亚之行的大门，也是冰峰之行的起点。从这里出发5个小时后就到了菲兹瑞镇（El Chaltén），它位于冰川国家公园的边缘。路上经过广阔的平原，南美野生羊驼奔跑而过，孤零零的牧场上，骑在马背上的南美牧人是这片荒凉的大地上唯一的生命。

菲兹瑞原来只是边境上一处偏僻的哨卡，只有零星的建筑，现在这里却成为了露营基地，为攀登菲茨罗伊峰（Fitz Roy Massif）的游客们提供食宿，这些山峰高达1500米以上。这里的主干道仍然还是土路，马匹和游客随意往来，巴塔哥尼亚独特的旋风能把沙尘吹起在空中旋转。这座小镇设施齐全，有小型的旅店、餐馆、几家商店，为你提供一处休整的好地方。

　　出了小镇大约20分钟的车程就到了路口。这里的一处小木牌指向小河流向的白桦树林和猴子石（Piedra del Fraile）的露营地。从这里你可以看到远处冰雪覆盖的山峰以及通向山峰的小路。一段两小时的徒步旅程会带你来到露营地，是第一天午间休息的好地方。

　　从这里出发来到更为广阔的地区——由电湖（Lago Eléctrica）汇成的小河，这里的道路变得有些难走，是冰河形成的峡谷。抬头可以见到安第斯（Andean）神鹰展翅飞翔——它们雄浑的身躯会令你忘记疲劳。

马可尼冰河上歇脚　　　　在冰河上攀登需要导游帮助

绳子用来防止跌入冰窟

落日余晖下的菲茨罗伊峰

菲茨罗伊的日落

在马可尼冰河露营

火红的日出

被周围的群山包围，你可能无法相信自己正在向沙滩（La Playita）行进。第一天晚上的露营地点设在河流平原边上的一处沙地上。地面柔软舒适，你会很快进入梦乡。

第二天一大早就开始启程，第一次穿上带铁钉的登山鞋，从马可尼冰河下方攀登。从远处看就像是一个巨型的冰激凌，但是你一旦过了露营地，这种柔软的地面就消失了。你会发现周围冰川迷宫坚硬无比，路上有冰形成的桥梁、深深的孔洞，一旦失足便会被冰川吞没。

就像冰做的头发一样，冰河顺流而下。当你开始穿过这些冰封的溪流时，发现流势渐渐改变，无影无踪了。冰川在我们面前形成一堵墙，两边是陡峭的悬崖，挂着冰凌，好像巨大无比的果汁软糖准备跳到下面的冰河中去。上面是马可尼山口，冰峰之门。

攀登这座冰墙的路线要慎重选择。你的向导将会给你提供宝贵的参考意见，为你寻找一处安全的路线，并且提醒你注意雪崩。越到上面山势就越平坦，而且你的向导会用绳子系到你身上，拉着你上去，所以根本不需要技巧。但是最好带一把冰斧，以防万一，它可以在你坠落时帮你固定身体。攀岩过程虽然短暂但却艰难，是这段路程中最具挑战性的部分。

你一旦到达山口就可以看到一条小道通向冰河，表面是镜子一样的冰。尽管一路上景观奇丽，但是这里白茫茫的一片旷野仍有着超越一切的震撼力。在两天的攀岩过后，你面对的是一片一望无际的冰河。

巴塔哥尼亚冰地略景

在满是裂缝的冰川上行走需要加倍小心

旅途资讯

布宜诺斯艾利斯的奥伊克尔·维耶斯（Oyikil Viajes）为你提供短途冰川旅行项目，也可以为你提供9天游项目，从另外一条路线上冰峰，从菲兹瑞出发途经马可尼冰河到达维德马（Viedma）冰河。登冰山的好时机是从10月份到来年的4月份。有导游领队，所以不需要自备登山鞋和高山滑雪板。但是要求游客有一定的露营和登山经验，因为需要自己搭帐篷做饭。道路不好走，需要事前做一下练习，还要求强健的体魄。南美洲之旅（Journey Latin America）可以为你提供去阿根廷的机票。

吉布河路

Along the Gibb River Road

金伯利·澳大利亚

Kimberley, Australia

澳大利亚的中部地区地形险峻，山势陡峭，人迹罕至，是探险者的必经之地。在这一地区旅行的最佳方式是乘车沿着澳大利亚西部金伯利境内的吉布河路（Gibb River Road），探寻大自然的奇闻景观。

吉布河路从德比（Derby）出发，绵延647公里，位于西部海岸的布鲁姆（Broome）以北，直到北部地区相交界处的库奴纳拉（Kununurra），沿吉布河路公路行车需一周时间，能让你有充足的时间来玩味沿途的风景，一睹澳大利亚内陆地区的风采。在路上，你可以留宿在传统的牧场，那里可以为你提供舒适的农家食宿，在星空下的帆布床上睡一两夜，见识一下壮观的瀑布和人迹罕至的土著岩石艺术群。

米切尔（Mitchell）高原的米切尔瀑布

四轮机动车在旅程中非常必要

　　从德比出发，第一处观光点就是位于纳皮尔（Napier）的温迦那（Windjana）峡谷。这里是牧牛人的天堂，这一处峡谷曾经是一个养牛场，能容纳500多头牛在这里放牧。莱纳德（Lennard）河冲积着两岸的岩石，高达90米的水位曾经是史前泥盆纪时期的古生物生存的环境，考古学家在两岸红色的峭壁岩石上发现了许多早已绝迹的古生物化石。

莱纳德河　温迦那峡谷

　　再向东走一段，穿过利奥波德王岭（King Leopold Range）国家公园，就来到了第一处宿营地：哈特（Hart）峰。途经50公里的山路，就到了这里的门户，在这里你不仅要惊叹内陆地区的一望无际。当地人所谓的邻居大都距离有几小时的车程，但是他们之间的亲密关系却一点都不比一墙之隔的邻居差。在这片旷野中生存的人们都有着鲜明的个性：哈特峰的主人塔菲·阿博特正是这样一位有个性的人。"如果你发现缺点儿什么，没关系，商店就在250公里以外。"

　　塔菲最近的邻居——大约距离200公里远——是麦克·科尔，他经营的旅店在古茂陵顿（Old Mornington）这条路上。古茂陵顿位于吉布河路南部，占地100万英亩，仍然经营着畜牧业。最吸引人的地方是钻石峡（Dimond Gorge），在那里你可以在平静的水面上划独木舟。周围红色的岩石林立，在那一刻你仿佛是开拓者，要在这片偏僻的澳大利亚内陆地区开拓出一番事业。

古茂陵顿的新发现是一处古老的土著岩石艺术群，在那里彗星飞快地掠过，古老的祖先温迦那的雕像在洞顶处向下窥视。土著居民在这里居住了大约4万年，欧洲的拓荒者们只不过是沿着古老文明的遗迹来到了这里。

回到主干道，开起车来可以肆无忌惮，除了偶尔会有澳洲野狗过马路。这里还会有路上火车（Road Train）开过，这种火车挂着三节车厢，在这片广袤的土地上运送货物，奔驰的火车卷起黄土，一路咆哮而过。遇到这种场面，还是停车静待列车驶过为好。

从瑞斯代尔河基地（Drysdale River Station）住一晚上，早上出发北上卡鲁布如（Kalumburu），见识一下米切尔高原的壮美景观。吉布河路虽然荒无人烟，但卡鲁布如路更是狭窄曲折难行，沃润德港（Port Warrender）带你深入内陆，所以最好在上路前就带上露营的用具。你定然不虚此行，世上最为壮丽的瀑布群——三层的米切尔瀑布将令你震惊。在合适的季节，乘坐直升机从营地飞到瀑布群，是最好的选择。

在去钻石峡的路上

开车穿过纳皮尔

回到吉布河路，在阿尔奎斯图野生动物园（El Questro Wilderness Park）歇息一晚，这里是一处自然生态保护区，是英国的一位百万富翁资助修建的。对于从卡鲁布如来到这里的人来说，这里确实是原始而又荒凉，但是对于经过长途跋涉一路沿着吉布河路而来的游人们来说，则是一处天堂。

温迦那峡谷草丛中的电话亭

泛舟钻石狭

古茂陵顿的土著洞穴绘画

在米切尔瀑布下面攀岩

米切尔瀑布的巨蜥

旅途资讯

包括澳大利亚航空公司在内的多家航空公司提供飞往澳大利亚主要城市的航班。澳大利亚航空公司还提供飞往布鲁姆的国内航班。租一辆四轮机动车非常关键，这是吉布河路之行的主要交通工具。包括在布鲁姆飞机厂的赫茨（Hertz）租车行在内的多家租车行都可以为你提供车辆。多带些水、食物和燃料以防万一，一旦抛锚，你可能要等好几天才会有车辆路过。因此必须要求租车行为你提供两个备用轮胎。

南运河 Canal du Midi

法国 France

作为连接大西洋和加勒比海的中间环节，南运河是欧洲最伟大的人工运河体系，流经从法国南部的图卢兹（Toulouse）到阿格德（Agde）。在这条水波荡漾的运河上行船，两岸的风景、村庄、城镇都是特有的法国情调。

运河两岸都是郁郁葱葱的树木，比如泰波斯（Trebes）

南运河由皮埃尔·保尔·里凯主持，雇佣一万两千多人从1666年开始修建，1681年正式竣工。从图卢兹出发，与来自大西洋的加龙河处的旁枝运河（Canal Latéral à la Garonne）相交汇，绵延240公里，途经美丽的朗格多克·鲁西永到阿格德附近的泰盆地（Bassin de Thau），它位于加勒比海岸。这条运河曾经是重要的贸易通商路线，代替了环绕西班牙南部的3000公里长的航线，现在这里是游客们观光旅游的理想线路。有些人在这里定居，但绝大多数都是来这里度假的。这条运河的功绩如此卓著，对于这一地区的中心地带有着如此重要的作用，因此被联合国教科文组织评为世界历史遗迹。

从图卢兹出发，途经美丽的小镇卡斯特诺达丽（Castelnaudary），这里的房子有红色的房顶，映衬着高高的天主教堂尖顶。这里是纯净教派的中心，11世纪末期顶着罗马教廷的反对压力在这里传播自己的宗教信仰。在由西蒙·德·蒙福（Simon de Montfort）领导的长达20年的阿比尔教派十字军东征中这一教派信徒被残忍的杀害，幸存者后来又遭到宗教法庭的迫害。纯净教派的城堡零星坐落于这一地区的山间河岸上，值得一见。

飘扬在拉索马拉（Le Somail）的三色旗

罂粟花盛开在运河两岸

再向东走，运河流经几座闸门，其中在布莱姆（Bram）的一处绿树环绕，风景如画。大多数情况下，到了闸门处等待通行的时间可以喝上一杯咖啡，有的大闸门处还可以停泊过夜。过了布莱姆，到了奥德（Aude）谷，水路就越发的开阔，这里有整个旅程中最大的一处亮点：卡尔卡松（Carcassonne）古城。这座迷人的中世纪古城，有着各种美丽的童话故事。运河流经这座小镇的现代化地区——值得在此至少小住几日。拉·西特（La Cité）是这座城镇的古城区，由两层城墙保护，城墙上还坐落着52座哨塔，联合国教科文组织将其评为世界历史遗产是名至实归的。

凯波斯登（Capestang）附近的运河蜿蜒曲折

从卡尔卡松出发，运河沿着奥德河的河道前进，带你穿过典型的法国风情画一般的葡萄种植园，河两岸长着默默无闻的柏树。这些树木除了使景色更加迷人之外，更为河道提供了天然的阴凉，从而大大降低了蒸发率，还巩固了河岸。距离卡尔卡松 8公里处是泰波斯闸门，过了闸门，运河重新驶入开阔的乡间平原地带，在落日前你就可以到达郎格多克（Puicheric）村。

在博迪哈聂（Portiragnes）附近穿过一处罗马式桥梁　　拉索马拉的咖啡厅

　　在路上遇到的那些小村落里你可以找到无限的乐趣。运河一旦离开奥德河，继续北上，拉索马拉村就出现在了眼前，这里的闸门口监控室的小屋上长满了常青藤，古老的中世纪教堂和几家出色的水边餐厅更能吸引你的目光。一边用一杯上等的朗格多克红葡萄酒佐餐，一边欣赏着窗外河里嬉戏的鸭子，真是其乐融融。

拉克瓦塞德的古典法式乡间小屋

贝济耶的船房

BRAM.
CONTRÔLE INTERMÉDIAIRE
DES DROITS DE NAVIGATION.
DISTANCES:
DE L'ÉCLUSE   DE L'ÉCLUSE
DE BETEILLE,   DE BRAM.
4962 MÈTRES   630 MÈTRES.

PORT DU SOMAIL
À 12096 MÈT.   À 13343 MÈT.
DU PONT   DE L'ÉCLUSE
DE PICASSE.   D'ARGENS.

AUX MILLE PAINS

PORT DU SOMAIL
À 12096 MÈT.   À 13343 MÈT.
DU PONT   DE L'ÉCLUSE
DE PICASSE   D'ARGENS

ÉCLUSE DE FONFILE
DISTANCES:
DE L'ÉCLUSE   DE L'ÉCLUSE
DE MARSEILLETTE   DE St-MARTIN
3308 MÈTRES.   1242 MÈTRES

凯波斯登以西的运河

伊党德蒙特迪的田野

　　离开拉索马拉，运河流经拉克瓦塞德（La Croisade），然后到达凯波斯登（Capestang）——那里在中世纪非常的繁盛，现在这座小镇有牧师会组织的教堂林立，仍保留着当年的辉煌。从伊党德蒙特迪（Etang de Montady）这座位于高山上的寂静的小村庄向下望，这里就好像一大块苹果派被刀切成了好多块。运河途经的最后一座人口密集的城市是贝济耶（Béziers），由此向东5公里就到了，这里的圣纳泽尔（Saint-Nazaire）教堂是观光旅游的焦点。

　　迎着地中海的召唤，最后一天运河将带你穿过一片平坦的海岸平原——一直绵延到地平线——最后来到了阿格德港。这里停泊着颜色鲜艳的渔船，被称作是"地中海上的黑珍珠"，正是南运河之旅的终点。

卡尔卡松的拉·西特　　卡斯特诺达丽的老人们坐在一起聊天

旅途资讯 ▫--▫

　　有很多国际航班直接飞往图卢兹。位于图卢兹以及运河沿途城镇上的多家旅行社可以为你提供型号不等的船只，有现代的游艇，也有传统的航船，租赁时间从一天到几周不限。运河上的交通比较繁忙，所以航船的新手可能会有些吃力，尤其是在七八月份的旅游旺季更是如此，所以如果有可能的话最好在其他的时间来旅行——这条运河全年开放。你租船并不需要执照，船舶租赁社会帮你办好行船通行证，你可以雇用专业的驾船人员，但是大多数租船的人选择亲自驾船。

66号公路之旅

Driving along Route 66

亚利桑那州·美国

Arizona, USA

赛利格曼周围的群山

哈克拜瑞加油站

　　号称"美国的主干道"的第66号公路从芝加哥到洛杉矶横跨了整个美国，它是世界上最著名的道路。现在州际间的高速公路已经替代了部分公路，但是66号公路的精神仍顽强不息，体味这段公路的最佳方案是开车从威廉姆斯（Williams）到托博克（Topock），跨越整个亚利桑那州的荒凉地带。

　　66号公路长达3600公里左右，横跨8个州，这条过道将路过的各州的风土人情、生活方式乃至音乐歌谣统统融入其悠久历史中，从而孕育了上个世纪40年代到60年代之间的美国梦。1926年正式冠名以"66号公路"，这条公路为中西部地区的农民大规模向加利福尼亚迁徙提供了方便——这场大迁徙给了约翰·斯坦贝克以创作灵感，写下《愤怒的葡萄》一书，并获得了普利策奖。

装有龙头的汽水桶

威廉姆斯的路标

直到1937年这条道路才完全竣工——它是第一条横跨整个美国的高速公路——二战结束以后这条公路才引起了美国人的注意。随着汽车拥有量的增加，66号公路成了假日出门旅游的最佳路线；而加利福尼亚也继续成为二战归来的人们希望改变命运寻找出路的宝地。作曲家鲍比·楚博也随着淘金的人群向着洛杉矶的灯红酒绿进发，1946年他写下了富有传奇色彩的"66号公路上驰骋"（Get Your Kicks on Route 66）——开车行驶在这条路上不禁要想起这首歌。

哈克拜瑞加油站的雪佛兰

上个世纪80年代这条公路面临着被新的州际高速公路网淹没的危险，但是令人吃惊的是这条公路却经历了一场复苏。在各州都有原来的旧路，但是亚利桑那州保存着最长的部分。从这条公路通往大峡谷只要半个小时的路程，这段公路两旁是具有50年代特色的小饭店、加油站和便利店。走进配有装有龙头的汽水桶的商店，粉红色的凯迪拉克停在外面，内部装修也让人回忆起过去那段悠闲自得的时光，那时的人们聚在一起闲谈，时间就像苏打冰激凌和热咖啡一样轻松的消逝了。

赛利格曼的老式加油车

　　摇下车窗玻璃，收音机里传出年代久远的摇滚乐声，开车向西到附近的阿什福克（Ash Fork）村，这里的66号公路距离州际40号高速公路已有260公里。开车的压力马上就得到了缓解，因为这段老高速公路畅通无阻，途经开阔的平原和低缓的山脉，通向赛利格曼（Seligman）。时不时就会有一辆哈里戴维森牌汽车疾驰而过，微风拂过晒得黝黑的开车人的面庞。这正是《逍遥骑士》那部片子里所宣扬的那种自由自在的生活方式以及向往美好生活的美国梦。

　　赛利格曼是66号公路沿途一处标志性的小镇，独自屹立于平原之上，它有一条非常宽阔的主干道，路边是经典的小饭馆、汽车旅店和小商店。雪佛兰、凯迪拉克、福特、道奇停在路两旁，或是停在后院，个个锈迹斑斑。赛利格曼也是安琪儿·戴戈蒂露（Angel Delgadillo）的故乡，镇上现在已经退休了的理发师，也为这条母亲公路的复兴做过执著的努力——他成立了组织来保护66号公路。他的理发店墙上贴满了顾客的名片，这吸引了许多过路人的注意。如果你在66号公路汽车旅店留宿，唱片公司艺术家或是好莱坞明星这类名人也许就曾经住过你现在住的房间。

安琪儿·戴戈蒂露的理发椅　　赛利格曼著名的理发店

　　继续向西走，这条古老的公路穿过绵延起伏的群山，两旁风景秀丽。在独具特色的哈克拜瑞（Hackberry）加油站，地面上装饰着66号公路的纪念品。生锈了的老式福特轿车与主人的令人艳羡的一排红白相间的雪佛兰（美国传奇式跑车）停在一起。霓虹灯点亮了加油站的门面，在加油站后面收集了各种老式汽车，依稀可见66号公路当年的辉煌。

　　道路开阔，开起车来也异常的心情舒畅，前方金曼（Kingman）西南方的一段道路是现存最经典的66号公路部分。离开这座公路沿线最大的小镇，这条公路开始沿着黑山（Black Mountains）的山势向上，到达奥特曼（Oatman），一处因淘金热形成的小村落，B级（低成本小制作的电影，但又是人们所喜欢的类型）西部片里常常出现的场景。小路狭窄而又蜿蜒曲折，这一段路程需要集中精力开车。在66号公路刚刚开通之时，汽车引擎容易出现故障，这段山路就变得难以通行，迫使路过的司机雇佣当地人用马拉车走过这段险路。沿途有很多停车地点，使你有机会停下来慢慢欣赏这里壮丽的风景。

　　奥特曼有摇摇晃晃的木桥和独具特色的餐馆、礼品店和沙龙，也是66号公路沿途第一座有新型州际高速公路经过的村庄。在过去，这里唯一的居民是野猴子，吸引着游人的注意以获得食物，尽管喂这些猴子是违法的。公路沿着山势走了一段下坡路，通往加利福尼亚交界处的托博克，地面开始变得干燥，零星生长着大型的仙人掌。这里的车辆更少，你可以把胳膊肘伸出窗外，调大收音机的音量，哼着"66号公路上驰骋"，驶向阳光海滩。

黑山中通往奥特曼的蜿蜒曲折的公路

从金曼向黑山行驶

旅途资讯

开车通过66号公路全线至少需要3周时间，而且没有太多时间在沿线风景区游览。亚利桑那州部分（从威廉姆斯到托博克）的公路可以在几天之内走完，但是沿途有很多地方值得一见，而且还可以开往大峡谷游历。尽管沿途有加油站，但还是请做好计划，以防燃料不够在路上抛锚，尤其是在金曼到托博克之间。一路上有很多家汽车旅店可供住宿。如果你有驾照，就可以在当地的多家租车行租到车子。

驯鹿的迁徙

Following the reindeer migration

拉普兰·瑞典

Lapland, Sweden

坐着雪地摩托车，赶着两百多头驯鹿迁徙，这也许是在一望无际的北极冰原探险的最佳方案了。你与拉普（原来称萨米Sámi）人一起亲历横跨瑞典拉普兰的驯鹿大迁徙，也许会为你展现一幅原始而又独特的人类祖先生活的画卷。沿袭着祖先的传统，这里的人带着他们的牲畜从冬季放牧的低地穿越广袤的冰原来到夏季放牧的山地草原，一路上风光秀丽迷人，冰湖、冷杉林依然装点着白雪。

小狗虽然身材小，但是牧鹿能手

颈环帮助牧民控制离群的母鹿　　雪地摩托车是一种有趣的交通工具

　　拉普兰是拉普人世世代代居住的家园，它包括挪威、瑞典和芬兰的最北部地区以及俄罗斯的科拉半岛（Kola peninsula）。对于想要体验一下牧民生活的游客来说，行程始于瑞典北部的小镇耶利瓦勒（Gällivare），这个小镇距离基律纳（Kiruna）机场东南方向3个小时的车程。在这里你可以坐上一辆雪地摩托车，缓缓地上山。海拔1810米的克拉克亚喀（Kallaktjåkkå）山是一处肥沃的放牧地，5月份时幼兽们纷纷降生。这里是大湖瀑布（瑞典语Stora Sjöfallets）国家公园的一部分，被联合国教科文组织评为世界历史遗产。

　　这场迁徙对牧民和驯鹿来说都是生命中至关重要的一个环节，使他们之间形成了一种相互依赖的关系。到了春季，动物们自然而然地会向西迁徙，根据它们的直觉选择一条冰雪覆盖的峡谷作为路线，最终上山。但是如果只有这些驯鹿自行迁徙，途中坏大气、食物的缺乏和猎食动物的袭击都会对它们造成致命的伤害。对于拉普人来说，这些驯鹿是他们主要的生存来源，驯鹿的肉和皮毛，为他们提供食物和收入，驯鹿的生存与他们自身的生存息息相关，所以牧民们才会踏上冰原护送这些驯鹿安全到达目的地。几千年来，拉普人世世代代延续这一传统。

夜晚的帐篷驱走寒冷

以前的迁徙过程较之现在更为困难。在使用现代化雪地摩托车作为交通工具之前，牧民们是穿着滑雪板踏上旅程。现在这段路可以更快的走完，但是许多传统的习俗并没有被遗忘——其中一直保留的传统就是对于夜间露营地点的选择。

头鹿总是在前领路

拉普牧民现在用雪地摩托车代替了滑雪板

　　你将在一种被当地人称为拉乌（lavu）的传统帐篷里过夜，这种帐篷现在是用强韧的帆布制成而不再使用驯鹿皮，帐篷是在雪地上搭建起来的，可能这听起来很冷——鹿皮铺在地上，为了保暖睡袋上也铺了一层。也许你在温暖的梦乡中就会被叫起来帮着大伙为驯鹿寻找食物。但是帮忙完全是自愿的，做多做少全凭自觉。这些都是真正的牧民要做的，早起还要跳到雪地摩托车上寻找驯鹿群——它们不会在一个地方呆很久。这些温顺的动物只是凭着自己的直觉继续向前行进。

帐篷上的夕阳

　　即使是在春天，这些驯鹿吃的植物根茎、地衣和苔藓也是被埋在雪里的，所以拉普人会到处采集这些食物来喂驯鹿，其中包括它们最喜欢吃的斯拉普（sláhppu——一种长在树枝上的丝状苔藓）。你会非常乐意同牧民们一起采集食物，而不是在远处袖手旁观。

　　你可以参与到牧民的工作中去，拨开树枝找寻苔藓。这是一天中最为忙乱的时段，离群的驯鹿需要被赶回鹿群——时不时的会看到牧民追赶驯鹿不成，四脚朝天地跌倒在雪地里。人鹿混杂，场面一片混乱。有时又突然间好像被施了魔法，重又恢复平静与安详，又可以整装待发了，去踏上那片厚厚的雪地。

你很快就会迷上这种放牧的生活，喜欢上这种迁徙旅途。每一头驯鹿都有独特的性格脾气，它们的一举一动都让人想要去多了解它们的喜怒哀乐。白色的驯鹿——很稀有的毛色——被拉普人认为是一种神圣的象征，如果哪户人家拥有一头白色的驯鹿，那将会被视为非常昂贵的珍宝。

天天跟随着这些动物，带领着它们，保护着它们不受貂熊、猞猁的袭击，慢慢的就会与它们日久生情。最后带领它们走向肥沃的草地，在那里它们将会繁衍生息，茁壮成长。当你看到鹿群在高地吃草的情景时定会喜不自禁；这一刻你也成为了一名合格的牧民。

旅途资讯 ┌───┐

包括北欧航空公司在内的多家航空公司提供飞往瑞典境内拉普兰基律纳的航班。拉普兰的维格维撒瑞·帕斯菲德 (Vägvisaren-Pathfinder) 旅行社可以为你安排体验驯鹿迁徙，这是一家由拉普人经营的注重生态环保的旅行社，为拉普兰可持续发展的旅游业提供服务。他们的旅游项目被瑞典环保总局评为"自然之最"，其生态保护评定标准在全世界居第一位。你需要准备防寒的服装，但是最外面的防寒服和靴子是由旅行社提供的。传统的拉普兰牧民将会为你带路。有机会的话，你还可以坐上自己驾驶的雪地摩托车，导游将会教你如何驱赶鹿群。

西部山区的落日

丝绸之路

The Silk Route

北京到撒马尔罕

Beijing to Samarkand

中国长城上的瞭望台

　　神秘而又富有传奇色彩的古老丝绸之路，带我们走进古老的文明，这条路横跨
中亚，从中国的塔克拉玛干沙漠到地中海东部地区，这段路对于现在的旅行者仍然
充满了吸引力。其中最负盛名的是从北京到乌兹别克斯坦的撒马尔罕一段，途经喀
什和塔什干。

　　　　走完丝绸之路所花费的时间短则两周长则一个多月，完全取决于你途中停留的
　　　　时间。旅行社为你提供各种不同的旅程安排——包括两地之间的航班，以免去你长
　　　　途跋涉之苦。

　　　　离开北京之后的第一站是中国的长城。登长城本身就是一件非常有趣的事情，
　　　　而位于西部地区的嘉峪关更是宏伟壮观，可以坐火车到达，那里的烽火台高耸在白
　　　　雪皑皑的山峰上，颇为壮观。

塔克拉玛干大沙漠上的骆驼商队

喀什的女性

从长城出发，开车许久之后到达甘肃省的敦煌——由唐河（Tang River）灌溉出的一处沙漠绿洲，被祁连山环抱。附近就是迷宫一样的人工洞穴，陈设着佛教的神龛、雕像、以战争为题材的壁画。附近还有鸣沙——因为从这些沙丘上滑下来会发出笛子吹奏般的音乐，由此而得名——这里正是沙漠和绿洲的交汇处，骆驼商队依然走在这条古老的路上。敦煌是塔克拉玛干大沙漠南北两端两条丝绸之路支线的交汇点，最后通向西方。

塔克拉玛干（大体含义是：有来无回之地）大沙漠位于中国新疆境内，这里与当年一样与世隔绝。北有天山，南有昆仑山，这片广阔的沙漠地带绵延27万平方公里，其规模仅次于撒哈拉沙漠。除了边界地区零星的几处绿洲形成的小城镇以外，都是荒无人烟——尽管发现的石油资源也许将会改变这一状况。

喀什绿洲是南北两条路线的再次交汇之处，距离中国与吉尔吉斯斯坦边境大约200公里，这座城市的居民大多是维吾尔族。如果你周日到了这里，不要错过这里五彩缤纷的集市——几公里以外的农民都来到这里卖他们种的水果和蔬菜。

从喀什出发去天山路途遥远，经过海拔3752米的土乎戈特山口（Torugart Pass），来到吉尔吉斯斯坦的纳伦（Naryn）城。它以前是前苏联的成员国，风景绮丽。白雪皑皑的山峰屹立在一望无际的大草原上，零星点缀着美丽的湖泊，比如伊塞克（Issyk-Kul）湖。几千年来这里的生活方式没有太大改变，除了现代化的首都比什凯克（Bishkek），马拉的车依然是这里最常用的交通工具。这座城市曾经是商队停下来歇脚的地方，现在完全是前苏联风格，公共设施齐全，道路宽阔。这里的列宁纪念像会让人们想起这座城市的历史。吉尔吉斯斯坦于1991年宣告独立。

现代重建了的丝绸之路

吉尔吉斯斯坦的丝绸之路

中国新疆布伦库尔的沙丘

出了比什凯克，一段长途旅程之后你就来到了乌兹别克斯坦边境处的奥什（Osh），从这里再向前走就是塔什干，乌兹别克的首都。这是一座迷人的城市，也是中亚最为古老的城市之一，丝绸之路的各个支线都在这里交汇。这里的许多古老建筑都在1917年的俄国革命中被摧毁，但是取而代之的前苏联建筑仍然是看点。除了前苏联的建筑以外还有华丽的清真寺，其中包括卡斯特伊曼（Khast Imam）清真寺，它保存有世界上最古老的古兰经。

继续向西走，布哈拉（Bukhara）是这一地区最瑰丽的风景。这里有卡尔扬伊斯兰教的宣礼塔，建于公元1127年，幸免于战火的破坏，依然保存至今，13世纪的蒙古入侵也没有对此造成破坏。登上这里的105级台阶可以俯瞰整个城市。艾米尔（对穆斯林统治者的尊称）的宫殿阿卡（Ark）也是一处观光胜地，多半是因为这里有关于拷打绞死犯人的血腥历史。

丝绸之路上的明珠是撒马尔罕，这里是结束这段旅行的最理想的地点。其穹顶直冲蓝天，在这里的街道散步会使你流连忘返。这座城市最迷人的地方莫过于拉吉斯坦广场，它是由三处大型的穆斯林学校环绕的广场：提拉卡瑞（Tilla-Kari）、什尔·道尔（Shir Dor）和乌卢戈·贝格（Ulug Beg）。还有一处不容错过的景观是在世之君的陵墓（Shah-I-Zinda）。

即使是亚历山大大帝也为撒马尔罕的美丽而倾倒，几个世纪以来这里也一直激发着诗人们的灵感。商人们在丝绸之路上经过千辛万苦的跋涉，来到了这座美丽小城以后的那种放松与喜悦之情溢于言表，当你从北京经历长途跋涉来到这里之后也会对这种心情有所体会了。

旅途资讯

如果你时间有限，可以只选其中一段路程，尤其是在乌兹别克斯坦境内的这段旅程。有多次航班飞往北京和塔什干，但是丝绸之路上的其他城市就不那么交通便利了，所以在去往中亚这几个国家之间旅游之前请先查询签证情况。路上食宿条件差别很大，但是所有的主要城市的食宿质量都是有保障的。

喀喇昆仑山的石筑农舍　　喀喇昆仑山的天空

山地大猩猩
Tracking mountain gorillas

火山国家公园·卢旺达
Parc National des Volcans, Rwanda

在卢旺达火山国家公园（法语是Parc National des Volcans）茂密的竹林里，你能有幸见识到进化过程中离人类最近的物种——山地大猩猩。戴安·福西的作品将这些深山里的大猩猩置于聚光灯下，让人们都来关心这些濒临灭绝的动物，与它们面对面的接触是世界上最为珍贵也最令人感动的经历。

进入这些大猩猩的世界本身就是一次冒险，从卢旺达的首都基加利（Kigali）出发深入中非丛林，就来到了与乌干达和刚果共和国接壤的北部边界地区。幸运的是卢旺达已经从上个世纪90年代中期骇人听闻的种族大清洗中恢复了过来。这片土地又恢复了和平稳定，从而使你有机会看到当地人的本色，他们热情好客，向游客打招呼时高喊着"米思古（Misungu）！"

从维朗哥山庄看到的景色

公园管理处的牌子

攀登萨宾庸火山

　　从基加利出发向北三四个小时后就到了鲁亨盖里（Ruhengeri）镇。迷人的群山中布满了一条条的梯田，种着小麦、高粱、茶叶、香蕉、马铃薯和玉米。这里的住宿条件有限，地理位置最优越的是维朗哥山庄。那里山势很高，周围环绕着火山，可以看到两处湖泊：布勒阿（Bulera意为狂风暴雨）和卢洪杜（Ruhondo）。每天一早一晚，山谷里的小村庄家家户户烧火做饭，炊烟袅袅，为远处的风景蒙上了一层神秘的面纱。

　　一大早开车去国家公园，一路颠簸，来到津尼基（Kinigi）村，鲁亨盖里西北15公里处。火山国家公园被6座火山环绕，确实是一处独一无二的生态保护区，并且与乌干达和刚果共和国的国家公园相连，为山地大猩猩提供了一处面积为650多平方公里的保护区。这里还是戴安·福西的家，她在20世纪60年代游览过这里之后便爱上了这群大猩猩，从此在它们的群体里生活了20年之久，从事史无前例的研究工作，并且保护大猩猩不受偷猎者的袭击。戴安·福西大猩猩基金为其他继承她的遗志的研究工作者提供资金，通向比索克（Bisoke）火山的路上可以看到她的坟墓——她于1985年被神秘地暗杀。

　　从公园管理处出发开往海拔3634米高的萨宾庸（Sabinyo）火山只需一会儿功夫。下了车，村落的小孩子们与我们挥手告别，我们穿过农田，越过繁茂的竹林，向上攀登进入公园。走在我们前面的是寻踪者，他们一大早就开始沿着大猩猩们的足迹上路了。公园内一共有5个大猩猩群落，我们正在找寻组别为13的那一组，它们的首领是一只背部毛色为银白的雄性大猩猩，名字叫缪纳尼（Munane）。像所有的野生动物寻踪之旅一样，并不能保证一定能够看到这些野生动物——也许几个小时也许一天，完全取决于大猩猩们在做什么，它们的行进速度有多快。

卡里辛比火山的苏沙大猩猩群

苏沙大猩猩群是卢旺达最大的猩猩群

季节性的降雨使得本来就已经非常狭窄的小路更加难行，路上不小心就会踩到水坑里，你才发现原来最佳路线是走直线。在茂密的竹林里行路有趣得很，随着火山口的逼近，旅程也越发的激动人心了。最后，寻踪者先遣队出现在我们眼前。大猩猩群就在不远处。

公园的导游向游客讲解大猩猩的生活习性

我们将背包放下——这些东西会惊吓到大猩猩——然后离开主道在草丛中慢慢靠近。我们看到了第一只大猩猩，惊喜异常，因为它就是强壮有力的缪纳尼，坐在草丛中，镇定自若却又警惕地看着我们。这一刻简直不可思议，心怦怦乱跳。我们屏住了呼吸，寻踪者发出咕噜咕噜的声音安抚大猩猩，表示我们并不会对其构成任何威胁，而它也好像接受了我们这些不速之客来到它的王国造访。在它面前坐着的是一只母猩猩，怀里抱着5个月大的小猩猩喂奶，她是缪纳尼9个老婆之中的一个——对缪纳尼倾心的母猩猩还真不少。

与苏沙大猩猩群相处

我们最多只能与大猩猩相处一个小时，但是这一个小时里看到的一切仿佛是一辈子都难忘的记忆，看着13号大猩猩群的日常生活：小猩猩们对周围的一切东西都想放到嘴里嚼一嚼，爬到它们的妈妈身上，或者爬到竹子上直到竹子断裂，跌倒在厚厚的草丛中，逗得我们捂着嘴笑。这仿佛是看人类一家周末外出野餐。雨又下起来了，我们只好沿着来时的路线回到维朗哥山庄，然后把身上的雨水擦干。

第二天我们出发去寻找由40只强壮的大猩猩组成的苏沙（Susa）猩猩群，需要攀登卢旺达境内的最高峰——海拔4507米高的卡里辛比（Karisimbi）火山。开车去那里的途中会路过许多小村落，小孩子们玩着滚圈，大人们用自行车驮着鸡、啤酒和草料等。然后四轮机动车就开足了马力开始上坡。

银背雄性大猩猩领导着大猩猩群

一个半小时以后，寻踪者先遣队出现了，我们沿着一条崎岖的小斜坡路上山，前面空地上出现了20只大猩猩。与闲适休息的13号猩猩群相比，有4只猩猩背部长着银色的毛的苏沙猩猩群可是一派繁忙景象，9只母猩猩正忙着喂一群小猩猩。我们坐在那里看着年轻的猩猩们打架，而年老一些的则在周围溜达。令我们记忆深刻的是能见到猩猩群里一只两周大的新成员。每一次与野生动物这么近的接触都会令人感到震惊，见到大猩猩则完全是另外一种感受。就好像坐着时空隧道回到几百万年前，从镜子中看到了自己。

旅途资讯

寻找大猩猩踪迹的旅行项目是受到严格控制的，需要提早预订，所以最好早作打算。游客的数量也是严格控制的。有5个大猩猩群，每一个群都可以允许最多8人一组的旅行团寻踪。严格禁止与大猩猩进行身体接触。大猩猩寻踪执照费用大多数用来建设这座自然保护区以及公园以外的村落。包括英国的探索旅行社在内的多家旅行社组织大猩猩寻踪游，并且在迷人的维朗哥山庄为你安排食宿。从内罗毕到基加利有许多航班，还有国际航班可以转机。

卡里辛比火山脚下的村落

育空河之旅
Yukon river journey

加拿大
Canada

载着生活必需品在拉贝格湖上泛舟

育空河穿过人迹罕至的原野

　　1897年在克朗戴克（Klondike）发现了稀有金属，于是就出现了那场著名的淘金热。淘金热可不只是关于财富与辉煌。为了到达目的地，狂热的淘金者需要跋山涉水，从怀特霍斯出发最终来到道森城。现在有了现代化的独木舟作为交通工具，重走当年淘金者之路，正是挑战伟大的育空河不羁性格的绝佳方案，并且在这个过程中可以体验克朗戴克淘金者的真实生活。

　　从怀特霍斯到道森城742公里的路程需耗时一周多，这条路线人迹罕至，所以需要精心策划。你需要携带足够多的食物、烧烤架还有桌椅板凳。怀特霍斯的独木舟租赁店会为你提供专家意见，帮你把这些必需品装到加拿大标准独木舟里——你甚至还有足够的空间放一个国际象棋棋盘。

当年的淘金者来到怀特霍斯之前早已穿山越岭徒步行走了53公里的路程，他们从阿拉斯加海岸上的史凯威（Skagway）的狄亚（Dyea）出发，沿着奇尔库特（Chilkoot）观景小道向着目的地前进。在严冬恶劣气候下许多人冻死在路上，而另一些人因为肩负着淘金设备，不堪重负。那些成功地走出了大山的淘金者则面临着在比尼特（Bennett）湖上搭建渡船的难题，渡船要经受住育空河湍急的水流的考验。谢天谢地，最危险的一段水路，也就是迈尔斯（Miles）峡谷这一段，并不包括在现在泛舟之旅的路线内。

育空河长达3700公里，与密苏里河的流向相平行，最终注入白令海，它是北美洲大陆上的第二长河——第一长河是密西西比河。在怀特霍斯，这条河从远处看起来宽阔而又慵懒，然而走到近处才发现河水湍急不羁。船上载着食物和帐篷，所以吃水很深。水流带着你飞快的向前，当河水注入广阔的拉贝格（Laberge）湖的时候船速才慢了下来。

卡麦克斯附近的河上出现的彩虹

沿着52公里长的东岸行船，这里因为比西岸短3公里，所以为泛舟者们偏爱，虽然比西岸短，但是这段水路还是很有挑战性的。风和日丽的时候，湖面风平浪静就像镜子一样，尤其是在傍晚夕阳余晖的掩映下更加迷人。但是，突然之间一阵风刮过，湖面可以立刻变得像波涛汹涌的大海。不管天气怎样，到湖的另一岸都需要至少6个小时的时间，第一天的旅行就在划船中度过了。

在河边安营扎寨之前最好是先查看一下是否有熊的踪迹。育空河沿岸有黑熊和棕熊，在它们的地盘上搭建帐篷挡住它们的去路可不是个明智的选择。另外，最好是在远离帐篷的地方做饭，并把食物藏在高高的树上或是储存在真空箱内。幸运的是，你可能不会与这些熊有正面接触，最多不过是你在河里泛舟，它们在岸上游荡。

育空河最精彩的一段是三十里处（Thirty Mile），这里的河水流速非常快，并且有许多转弯，也正是在这里你可以看到当年淘金热留下的痕迹：为行船人囤积柴火的古老的木屋。这段旅程充满危险刺激，你可以在到达胡塔林格（Hootalinqua）岛之前路过沉在淤泥里的SS克朗戴克号，SS伊芙琳（Evelyn）是这艘船最后的归宿。这艘船始建于1908年，一年之后就成了弃船。在残骸周围走一走看一看，你不难理解淘金热所带给人们的是怎样的一种希冀。在踏上征程的几十万淘金者中间，只有3万人最终来到金矿区，而能够淘到金子的人就更是少之又少了。

过了胡塔林格，水流开始变得和缓，幸运的话你可能看到赤鹿还有长着一对犄角的山坡羊趟过小河，或是天空中掠过几只秃鹰，一头扎进水里捕鱼。有的时候水面如此的平静，放下双桨，躺在船上，任凭独木舟在水面上漂流，你会完全沉醉在这片静谧而又迷人的自然风光中。然后你会突然发现来到了卡麦克斯（Camacks），一座美丽的小村落。

拉贝格湖岸上装载必需品

SS克朗戴克残骸

SS克朗戴克残骸是湍流的河水造成的惨剧

塞尔扣克郡是过去的一处通商口岸

　　过了卡麦克斯你面对的将是一处最为艰难的湍流：五指（Five Fingers）。人坐在船上颠簸震荡，但是过了这一段水面马上又归于平静。敏图（Minto）是一处理想的露营地点——这里归翰茨（Heinz）所有——从这里到塞尔扣克（Fort Selkirk）郡只有很短的路程。它是河岸上保存最为完好的一处定居地，1848年由哈瑟逊湾（Hudson's Bay）公司的罗伯特·坎波尔修建，作为通商地点。在淘金热期间这里成为了主要的集会地点，甚至还组成了一支警察队伍。在这些木制的房子之间漫步，能真正领略到当年的那段往事。

旅行的最后一段非常漫长，河道变宽，水流越发和缓，但是耐心的等待并不会白费。道森城以其土质街道、木质人行道、色彩亮丽的木屋而展现出一份独一无二的魅力。你会感到自己仿佛走进了一部西部片。许多淘金者就在这里结束了征程，因而造就了这里狂放不羁的生活方式。即使在今天，你还可以在水里淘金，如果运气好的话，你也许会迷上这里而乐不思蜀了。

旅途资讯 □---□

你可以从温哥华坐飞机到达怀特霍斯，加拿大航空公司的航班是不错的选择。怀特霍斯有许多旅行社提供育空河上的独木舟旅行项目，其中包括独木舟爱好者（Kanoe People），他们对这条河非常熟悉；不要轻视来自熊的威胁，随身携带防身喷雾和驱熊鞭炮——这是一种小型的鞭炮，能发出很大的响声吓走熊——以防万一与熊相遇。最佳行船时间是在夏季，从6月到9月份之间白昼较长，天气也比较暖和。

塞尔扣克郡的淘金器械

道森城开展的淘金比赛

高迪寻踪

Tracing the life of Gaudi

巴塞罗那·西班牙

Barcelona, Spain

奎尔公园的连椅

　　天才级建筑大师安东尼奥·高迪（Antonio Gaudí）对于巴塞罗那整个城市建筑风格的影响是无人能及的。他对色彩、形状、风格的大胆创新常常来源于他对大自然的崇拜，这也是这座加泰罗尼亚首都的迷人之处。但是，我们还可以更深入一些，追溯高迪的生平经历，从他出生成长的雷乌斯（Reus）开始，再看一看迷人的加泰罗尼亚自然风光，那里是他灵感的来源。

奎尔公园广场顶棚上的玫瑰

雷乌斯少年安东尼奥·高迪的铜像

　　雷乌斯位于巴塞罗那西南部110公里处，高迪1852年出生于雷乌斯乡下一个五金商人家庭，他是家里最小的孩子。他少年时代因受到风湿病的折磨非常痛苦。腿上的病痛使他的活动范围受到了限制，常常被迫呆在家里，从而给了他充足的时间来玩味房子周围的大自然。

　　现在的雷乌斯是一个繁忙的商业城市，但是高迪的影响仍然随处可见，并且为世人所尊崇。在可爱的小街上散步，你能看到一座高迪的铜像，那是少年时的高迪坐在椅子上玩石子儿，不远处是圣派德鲁（San Pedro）大教堂，高迪在那里接受洗礼，旁边就是高迪纪念馆。

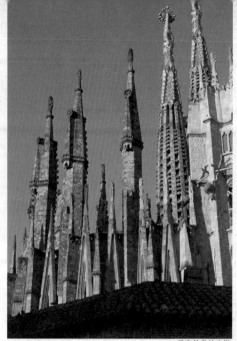

圣家教堂的旋转楼梯

圣家教堂内部的树状结构

圣家教堂的尖塔

　　开车在雷乌斯附近的乡间小路上游历，你可以体会高迪创作灵感的来源。西边绵延起伏的布拉黛尔（Pradell）山脉如此迷人，沿着蜿蜒崎岖的盘山道上山，途中看到的树干就体现在了高迪建筑艺术的结构中。当高迪设计圣家教堂这座巴塞罗那的标志性天主教堂时就曾说过内部结构将模仿"树林"的结构。高耸入云的石灰岩尖塔屹立于地中海岸边的平原之上，居高临下地望着下面的那片海，而高迪最喜欢的棕榈叶图案为干燥炎热的地面带来了清凉感受。

圣家教堂的复活立面

当你又重新回到巴塞罗那时，最好能到加拉夫（Garraf）这座小村庄看一看，在斯特格思（Sitges）和卡斯泰德菲尔（Castelldefels）之间有高迪惊人的作品。四边形的奎尔鲍德格拉斯（Güell Bodegas）建于1895到1901年之间，被经营出口贸易的埃瑟比·奎尔（Eusebi Güell）当作酒窖来储存酒，用铁链装饰的建筑物的大门别具风格。另外一处高迪的代表作就在回巴塞罗那城的路上，位于桑塔格罗马德塞尔维罗（Santa Coloma de Cervelló）的移民者奎尔教堂（Colonia Güell）地下室，常被誉为是这位建筑大师最纯粹的作品。

巴特略公寓的弧状阁楼

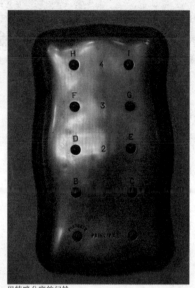

巴特略公寓的门铃

巴特略公寓新奇的弧线

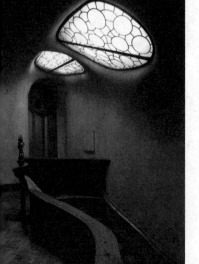

　　位于巴塞罗那帕塞奥·德格拉西亚（Passeig de Grácia）大街的巴特略公寓（Casa Batlló）也是他的经典作品，这座建筑物看上去好像被西班牙炙热的太阳融化了一样。成百上千的彩色瓷瓦和玻璃造就了其圆润的外观，阳台呈现出歌剧表演中使用的眼罩的形状，而房顶模仿了蜥蜴鳞片状的皮肤。内部旋转的楼梯和新奇的门给人以扶摇直上的感觉，围绕着天蓝色的中庭，直达天窗。在这里简洁的白色拱形屋顶使人的视觉延伸到鳞状屋顶，屋顶上有一排烟囱，顶着彩色的陶瓷球。

　　巴特略公寓不远处就是米拉公寓（Casa Milá），是高迪贡献给这个城市的最后一处民用建筑作品。这个建筑物也是为奎尔家族设计，以其波浪状的外墙、经典的印象派风格的烟囱及房顶开口设计而闻名于世。

来到巴塞罗那探寻高迪的人生历程一定不能忽略圣家教堂，这座建筑物的塔尖直冲云霄，成了这一城市的象征。这是他最伟大的作品，但不幸的是这座建筑物至今尚未完工，周围都是建筑用的铁架。诞生立面以及更现代的复活立面也是一大亮点。内部正是高迪所推崇的树林结构，旋转的楼梯带你登上尖塔，站在那里向下看，巴塞罗那城的美景尽收眼底。

探寻高迪人生历程的旅行在位于格拉西亚（Gracia）郊区山顶上的奎尔公园（Parque Guell）宣告结束。据说这座迷人的公园内有许多高迪最具灵性的作品，其中包括柱廊的广场上用马赛克装饰的连椅，糖果色彩、姜味饼形状的大厅。这里是巴塞罗那市民休闲娱乐享受夕阳的场所，你也可以加入他们的行列，领略并赞叹高迪的才华。

巴特略公寓内部的窗户

巴特略公寓的房顶

▫ - ▫

　　如果你想欣赏高迪的建筑作品可以购买高迪线路通票，可以免去门票钱。奎尔公园不需要门票，高迪设计的建筑物吸引了许多观光客，所以做好排队进门的准备。与其他地方一样，早一点人就会少一些。你可以从巴塞罗那坐火车去雷乌斯，但是如果你想欣赏一下沿途的乡间风景，可以租一辆车。

米拉公寓的中庭

巴特略公寓的波浪状外表

奥里萨部落之旅

Orissan tribal journey

印度 India

在印度旅行无疑是人生中最为精彩的体验，而奥里萨（Orissa）又是这个国家最富有生机活力的省份，但很少有人了解这里的部落文明。在南部群山之中有60多个部落，每个部落都有着自己独特的文明，但是绝大多数与外界没有任何交流，了解这些部落文明的最佳方案就是坐上老爷车，开始一场奥里萨部落之旅。

奥里萨位于印度东北海岸，是印度最为贫困的几个省之一，同时旅游设施也最为落后，但正因为如此，才给了我们的部落之旅以真正的意义。

大多数奥里萨部落居住在东高止山

从首府布巴内斯瓦尔（Bhubaneshwar）出发东南方向64公里处是绝对不容错过的科纳克（Konark），那里有宏伟的太阳神庙，是奥里萨的主要景点。这座神庙始建于13世纪，正面墙上雕刻有美轮美奂的雕像，其中包括大象和妖娆的舞者，以及24个巨大的马车轮。

首府向南行车10个小时左右就来到了部落地盘上，没有比坐在老爷车上游历印度更逍遥自在的选择了，这让人们想起殖民统治时期的历史。老爷车奔驰在旷野中，沿途经过广阔的秋喀湖（Chilka Lake）——那里是上百种候鸟的快乐天堂——道路向西延伸，沿着和缓的上坡路攀登着郁郁葱葱的东高止山脉（Eastern Ghats）。

标志性的老爷车

村民们去集市途中

快到塔普帕尼（Taptapani）的时候就可以看到坎德哈（Kandha）了，那是这一地区最大的一个部落。尽管住在边界上的许多部落族人都已经换上了现代服装，但仍有一些女性穿着传统服装走在大街上，她们短小的裹裙和色彩斑斓的珠子穿成的上衣装点着这里的大街小巷。胳膊上戴着大串手镯，金质耳环、鼻环在阳光下闪闪发光。

去查替卡纳村传统的东戈瑞尔坎德哈（Dongria Kandha）集市逛一逛，眼前不禁为之一亮，这里是唯一一处为游人开放的集市。东戈瑞尔（Dongria）是坎德哈部落的一支，族人有5000人左右。他们主要居住在尼雅格瑞（Niyamgiri）山附近地区，使用库维（Kuvi）语。最令人不解的是，尽管这些部落大都比邻，但是却使用不同的语言，从而充分证实了其各自为政、闭塞隔绝的状态。

科纳克太阳神庙

　　这种与世隔绝的状态体现在他们的交通极为不发达，到部落集市上赶集需要走50公里的山路，往返需要100公里。看着她们飞快地行走在山间小路上就仿佛观看奥林匹克运动会上竞走选手的比赛，但是这些"运动员"还要担负着沉重的货物——大米、香料、新鲜蔬菜——顶在头顶上。女人们身上装饰着色彩绚烂的珠子、手镯、耳环和项圈，她们总是排着整齐的队伍行进。手镯在寻找配偶的过程中发挥着极为重要的作用——少年来到集体宿舍，试图将手镯强行佩戴在他们想娶的姑娘手上。

从查替卡纳出发，沿着蜿蜒崎岖的山路穿越山谷向着玛萃昆德（Machhkund）的方向来到奥奴库黛利（Onukudelli），这是邦杜（Bondo）的集市所在的村落，位于邦杜山脉。这些人也许是最广为人知的奥里萨部落，但也是游客最少的——他们所引以为豪的独立性导致了对一切外界影响的排斥。这里的男人们脾气出奇的大，尤其是醉酒之后。如果幸运的话，你也许能看到这里的村民到集市上赶集——女人们身上的珠子发出动人的响声，而男人们则佩带着弓箭，非常英武。

来到查替卡纳集市

邦杜部落女人去奥奴库黛利途中

东高止的黎明

邦杜山上清晨聊天的人

邦杜女人带着斑斓的项圈和珠子

村民们走50公里的山路去赶集

邦杜女人在去赶集的路上行走非常快

85

邦杜女人去奥奴库黛利集市

科纳克太阳神庙的雕像

在部落之旅途中的所见所闻都不是专门为游人观光所设计再现的。所有的一切都是部落族人真实的生活状态，奥里萨是世界上所剩无几的几处未受现代化进程侵蚀的地方。也许最终这里的原始也未必能够在现代化大潮中幸免，但是至今这里的人们还是以一种对传统的自豪感执著地抵抗着外界影响。

旅途资讯

包括位于布巴内斯瓦尔的白鸽旅行社在内的多家旅行社都可以为你提供奥里萨部落之旅项目，耗时大约5—12天。布巴内斯瓦尔城内的住宿餐饮等旅游设施条件正在改善，但是出了城，食宿条件就非常有限。一家好的旅行社会为你安排好住宿。多家航线提供从德里（Delhi）到布巴内斯瓦尔的航班，或者可以选择坐火车，虽然时间长一些但更有趣。

许多奥瑞萨部落几乎完全与世隔绝

高桅帆船航行

A tall-ship voyage

罗马到威尼斯·意大利

Rome to Venice, Italy

罗马和威尼斯是欧洲最为古老而又浪漫的城市，乘坐皇家帆船在这两座古城之间航行，这场意大利旅行盛宴定会为你带来难以忘怀的感官刺激，途中克罗地亚的美丽岛屿则是佐餐极品。

皇家帆船豪华舒适，但这艘高桅帆船同样需要大家齐心协力的帮助，如果你乐意，可以参与到航船的操作中。这场航行非同寻常。这艘船本身就是一大挑战，历时11天的航行结束后你会学到许多航海知识。

夕阳下在卡普里停船靠岸

船上的锚　　　皇家帆船有42张帆

在其瑞典籍所有者麦克·克拉夫特的设计指导下建造的皇家帆船号于2000年正式启用，这艘航船引以为豪的是拥有高达60米的5根桅杆42张帆，是世界上现有的最大的工作帆船。当你第一次看到这艘停靠在罗马齐维塔维齐亚（Civitavecchia）港的船的雄伟身姿时不仅要倒吸一口凉气。当你登上这艘船，在傍晚夕阳余晖下扬帆破浪时，扩音器里飘扬着范吉利斯的"征服天堂"（Conquest of Paradise），你的心也会随着风帆一起飞扬起来。

船上设施一应俱全，高层甲板游泳池、钢琴酒吧、温泉疗养馆，你可以在欣赏地中海美景之余换换口味。第二天中午来到了第一处停泊的港口：岩石林立的意大利小岛蓬扎（Ponza），属于庞提恩（Pontine）的一部分。港口停泊着各式各样的渔船，服务员带着游客上岸。沿着蓬扎镇背后的山路攀登到山顶，海湾和停船尽收眼底。

　　回到船上，皇家帆船乘风南行，来到那不勒斯海湾的卡普里（Cápri）。这里以其独特的魅力吸引着来自世界各地的游客，这座小岛的悬崖峭壁下就是波涛汹涌的大海。在海岸上乘坐缆车带你来到城镇中心，时尚店铺林立——这里吸引着大量的意大利时尚女性，她们的美丽身姿令人目不暇接。坐在船上环岛游览，可以一睹悬崖峭壁和狭窄的海湾的风彩。到了晚上，海风徐徐，皇家帆船又开始扬帆远航，附近的人们和渔船都来挥手告别。

蓬扎的渔船

皇家帆船从蓬扎起航

　　来到利帕里的阿尔利安（Aeolian）岛，准备好一些柴火。晚间时分，船将靠近斯特隆波里（Stromboli）活火山。站在甲板上观看火山喷发喷出的岩浆映红了天际，绝对是一场惊心动魄的体验。

每天船只在傍晚的夕阳下扬帆起航

卡普里的房屋

第二天一大早皇家帆船就在西西里的加尔蒂尼纳克索斯（Giardini Naxos）停船靠岸，陶尔米纳（Taormina）是岛上最著名的度假胜地，值得一见。如果想要冒险，可以攀登埃特纳（Etna）峰；海拔3323米，是世界上最高的火山。坐车来到山脚下，换乘巨轮迷你大巴，在黑色的火山岩上行驶。沿途时常可以见到黄色的硫磺，靠近空洞还可以感受到火山的炙热。埃特纳火山的喷发经常惊扰周围的城镇和乡村——最近的一次大规模喷发是在1992年。

皇家帆船从卡普里岛起航

埃特纳峰的硫磺

在意大利地势较低的地区游览需要一天的时间，之后坐上船向东航行经过希腊，到达爱奥尼亚海的科孚。在这里你可以驾驶四轮机动车在岛上游览，或者步行走在科孚镇的大街小巷，那里的碉堡、狭窄的古道和皇家宫殿都是观光胜地——也可以到繁忙的海边浏览。

埃特纳峰是世界上最活跃的火山

海上航行过程中在甲板上的吊床上休息

旅途中爬上桅杆

从科孚出发，皇家帆船在亚德里亚海上沿着克罗地亚海岸线向北航行。第一处港口是城墙环抱着的杜布罗夫尼克。这里有商店、路边咖啡厅、历史悠久的建筑物，无疑是世界上风景如画的城市。在这里呆上一下午，你就会不忍离开。从这里只需一晚上的时间就能到达科尔库拉（Korcula）——历史上的水手之岛。宁静的沙滩、古老的小镇、陡峭的街道，是早上漫步的好地方。当年马可波罗离开和回到威尼斯的时候就经过科尔库拉，镇中心的一座古塔是他的小型纪念馆。

另外一次夜间行船可以到达时尚小岛哈瓦尔（Hvar）。这里的海岸线处停靠着一排超级豪华的游艇，难怪这座小岛看上去像是一场令人目不暇接的时尚秀场。另外还可以到山上的城堡看一看。这座建筑物并没有什么过人之处，但是这里居高临下，将美景尽收眼底。回到港口，一处16世纪的武器库和一座17世纪的天主教堂圣耶帕纳大教堂（Katedrala Sv. Stjepana），也是不容错过的景观。大多数游客更希望坐下来欣赏过往的行人。

游艇从科孚起航

在甲板上看日落

杜布罗夫尼克这座被围墙环抱的城市　　哈瓦尔的城墙

　　靠近威尼斯时，皇家帆船在罗施尼（Losinj）小岛停船靠岸，那里是自然爱好者的天堂。不管你选择骑着自行车环岛游览，还是坐着独木舟沿着郁郁葱葱的海岸线探幽，这都是与克罗地亚最后一次接触了。在最后一天清晨船就开进了威尼斯著名的运河系统。大多数游客希望在这座城市多呆上两天，细细体味水上小城的迷人之处。

旅途资讯

　　皇家帆船是明星帆船舰队旗下的帆船，在维也纳与罗马之间航行。它还可以在地中海上航行。这场航行适宜任何年龄段的人群，你并不需要掌控帆船——有些但不是太多的游客希望能够参与到船只操作中去。船上的生活非常逍遥自在，不拘泥于礼数。有很多航班可供选择，飞往罗马和威尼斯的航班票价都有优惠。

从哈瓦尔扬帆起航

威尼斯的大运河

夕阳下离开罗施尼岛

马尔堡·新西兰
Marlborough, New Zealand

葡萄酒产区探秘

Journey to the Sounds of Wine

布兰妮姆威瑟山下面的葡萄种植园

布兰妮姆是马尔堡酿酒业的中心

　　一提到新西兰你可能会想到蹦极或是指环王这部影片，但是这片土地所带给游客的不仅仅是这些。位于南岛北部的马尔堡（Marlborough）和尼尔森（Nelson）美丽的海岸线、陡峭的群山、数不尽的幽静小岛以及神秘而又平静的小湖，让人着迷，而更让人沉醉的是那里的一片世界闻名的葡萄种植园和酿酒厂。斟上一杯白索维农，身心放松，然后开始一场轻松愉快的奇异路之旅。

　　　　来到新西兰的游客都会被眼前应接不暇的美景搞得不知所措，无所适从，而环抱位于南北岛屿之间的库克海峡海岸线上的三处峡湾的马尔堡峡湾更是新西兰众多美景当中的翘楚。如果你的目的地是葡萄种植园的话，不如选择从马尔堡酿酒中心的布兰妮姆（Blenheim）出发，到达西海岸的尼尔森，沿途可以领略穆特里（Moutere）山脉葡萄酒种植园的风采。

99

到达马尔堡峡湾有许多种路线，包括从北岛的威灵顿坐渡船到皮克顿（Picton）。但是如果你从南岛的国际机场所在地基督城出发，途经凯库拉（Kaikoura），你可以有幸一睹太平洋海岸高速公路的风采。行驶在高速公路上，旁边就是悬崖峭壁，波涛汹涌的大海拍击着峭壁，形成一层薄薄的水雾，真是一场惊人的体验。

马尔堡的白索维农享有盛名　　　　约翰内斯沃夫是去皮克顿途中的一处酿酒厂

布兰妮姆在基督城以北4小时车程，距离皮克顿南部25公里，座落于宽广海湾的内陆，宽阔平坦的峡谷地带南部是高耸的威瑟（Wither）山。这里有70多个酿酒厂，由上百座葡萄种植园提供原材料，这座迷人的小镇是品味国际知名的马尔堡葡萄酒的好地方。小镇有好几家旅行社为游客提供葡萄酒之旅的旅游项目，所以你不必担心自己误打误撞走错路。对于精力充沛的游客来说，骑自行车在葡萄园之间漫游是不错的选择——葡萄种植园大多分布在平原地带，这种旅行方式更有情调。

布兰妮姆亨特葡萄酒公司的葡萄园

　　蒙坦拿（Montana）有非常好的游客接待中心，位于去凯库拉的一号高速路途中。1973年这里建起了马尔堡第一座商业葡萄种植园，此后名声渐大，为新西兰的葡萄酒赢得了享誉海内外的美誉。尽管这一地区出产各种规格的高级葡萄酒，包括黑品乐和雷司令，而口味纯正的白索维农才真正造就了马尔堡世界领先的葡萄酒酿造中心地位。从这里你可以沿着6号高速公路到达任维克（Renwick）——一座卫星村，路旁有许多家酿酒厂。

　　每一家酿酒厂都有不同的风格，都值得一见，但是如果时间和酒量都有限的话，可以只到高速路南端的威瑟山和高地山庄（Highfields Estate）看一看，那里的托斯卡尼（Tuscan）塔和山谷风光是这一段旅程的最大亮点。如果正好是在2月份，就可以赶上马尔堡国际葡萄酒节，地点是风景如画的佛尔赫唐宁（Fairhall Downs）——另一处不容错过的酿酒厂。在北部地区不要错过怀劳（Wairau）河；有麦克林（Michelin）级别的赫尔泽克（Herzog）、阿兰司哥特（Alan Scott）餐厅；标志性的云横湾——国际有名的品牌——以及亨特（Hunter's）。最后就是闻名遐迩的白索维农。

去波泰治途中美丽的山谷

云横湾酒厂是马尔堡的标志性酿酒厂

从布兰妮姆出发，一路上蜿蜒曲折，来到皮克顿；途中路过约翰内斯沃夫（Johanneshof）酿酒厂。皮克顿是岛屿之间往来渡船停泊的主要港口，位于夏洛特皇后湾。这一地区有许多观光项目，包括海中行舟、海豚表演、邮船出海。游人们可以在夏洛特皇后道漫步，从安娜齐瓦（Anakiwa）到克沃船（Ship Cove）之间的山路有72公里长，这些山脉将夏洛特皇后湾与凯内普鲁（Kenepuru）峡湾隔开。可以乘船游览峡湾，所以在这里停留的时间可以由几小时到4天不等。

离开皮克顿，沿着新西兰风景最为秀丽的线路——长达40公里的夏洛特皇后道，向西行至哈维洛克（Havelock）。沿途可以欣赏迷人的海湾、茂密的丛林，从林克沃特（Linkwater）还可以改道沿着凯内普鲁峡湾西岸行驶——一路上蜿蜒曲折，到了波泰治（Portage）时眼前豁然开朗，平静的海湾就在眼前。

哈维洛克是新西兰的绿壳贻贝之都，产量丰富，来到这座小镇一定要一边小酌白索维农，一边品尝贻贝。从这里开车进入六号高速公路，继续向西，经过瑞查蒙德·润治（Richmond Range），来到狭长的帕洛鲁斯桥（Pelorus Bridge），再向前走就是风景如画的雷谷（Rai Valley）。朝着法国道（French Pass）的方向继续向北，穿过奥奇维（Okiwi）海湾，来到克罗斯莱斯港（Croisilles Harbour）。

回到主干道，一会儿工夫就到了塔斯曼（Tasman）海湾和尼尔森城。尽管这里风景迷人，但是葡萄酒爱好者们也许想要继续向南一段路程，到蒙图卡（Motueka）看一看。它位于开阔的威梅亚（Waimea）平原，一系列小酿酒厂坐落在穆特里山坡上。如果你舍不得那些美酒，这里的酿酒厂可以将酒快递到你的家中——让你回到家中依然可以尽情享受美酒之梦。

马尔堡有几百座葡萄种植园

去波泰治途中的马尔堡峡湾的海湾

波泰治是夏洛特皇后湾的一处港口

凯内普鲁峡湾　　哈维洛克午后的阳光，有名的绿壳贻贝产区

尼尔森穆特里山上的雷姆葛鲁夫酿酒厂

哈维洛克的日落　法国道途中的奇异海湾

哈维洛克是绿壳贻贝的主要产区

旅途资讯　■--■

　　从南岛的基督城或是北岛的威灵顿乘坐往来于岛屿之间的渡船很容易就能到达马尔堡地区。机场附近就有租车行。租车前要问清楚车辆保险金额，这可是一笔不小的开销——每天都需要支付一定的金额。新西兰的道路非常安静，可以畅通无阻。但是车速因为蜿蜒曲折的地形而受到限制，所以不要低估了开车所需时间。这一地区的住宿条件普遍不错。

海上泛舟

Sea Kayaking cays

伊克祖马斯岛·巴哈马

The Exumas, the Bahamas

蔚蓝色的大海，白色的细沙滩，平静的小海湾，160公里长的伊克祖马斯（Exumas）岛链是加勒比海中的一处明珠。这里和风徐徐，有着世界上最清澈的海水以及365种不同的珊瑚礁，是泛舟爱海者的天堂。

拿骚东南部56公里处的伊克祖马斯岛位于面积259000平方公里的巴哈马群岛中心地带。乘坐海上小艇游览令人心旷神怡。这些平稳的小艇使你更加接近这片自然风光，在水晶一般晶莹剔透的水面上航行，透过水面可以看到不断变换的水底风光。

游览斯多克岛

"巴哈马"一词来源于西班牙语浅海（baja mar），这片海因为过浅所以游艇和大型帆船都无法在海岸边航行，这就意味着你划着小艇在海湾之间航行的时候就只有这片宁静的海的陪伴，不受任何航船打扰。海水清澈见底，所以坐在小艇上就可以将海底世界一览无余。

小艇上载着露营设备和食物，一经泛舟海上，便可完全脱离现代社会的喧嚣与繁复，沉浸在巴哈马这片纯净自然的空间。海湾的岸上长满了棕榈树、椰子树，大大的叶子为你遮避艳阳，露营地旁边偶尔还能捡到海螺。坐在宁静的沙滩上，望着一望无际的大海，远处的地平线上夕阳沉没在海里，把海水染成了一片橙红色，加勒比海的魅力真是无法抵挡。

雷特湾泛舟

新湾

岛链上最大的陆地是南部的伊克祖马斯岛。这里有飞机跑道，所以是游客们往来的门户，距离岛上的行政中心乔治市有30分钟的车程。坐落在伊丽莎白港以西，与大西洋只隔着斯多克（Stocking）岛，这座小镇位于北回归线上。在这迷人的海湾上每年都举行家庭划艇节（Family Island Regatta），你可以在此稍作休整，重新上路。

在百合湾登陆

长湾的红树

乔治市的圣安德鲁斯圣公会教堂

拜若特尔（Barretarre）在大伊克祖马斯岛最北部，距离乔治市40分钟的车程，这座宁静的小村庄有着独特的自然风光。从这里很容易就能到达伊克祖马斯外部海湾，其中包括波尔斯（Boysie）湾和雷特（Rat）湾，以及伯坚（Brigantine）链——向西延伸的狭长的岛链，从空中向下看，就像一级一级整齐排列的台阶。海水的样子也因地点的不同而不断变换。

波尔斯湾就在不远处——适合第一天的泛舟活动——这里还有一处沙滩上的露营地点。小岛东北部的礁石地区为你展现了大西洋深水风貌。水面起伏，浪花翻滚。

大伊克祖马斯岛最北边的布丁点（Pudding Point）附近的海水又是另一番情趣。一眼就能望见海底表面，阳光照射在清澈的海水上，发出耀眼的光，与蔚蓝色的天空相映成趣。

长湾早上的天空

　　继续沿着伯坚岛链向前航行，途经许多独立的小海湾和小岛，有金戒指湾（Gold Ring Cay）、假湾（False Cay）和吉米湾（Jimmy Cay），这里过去是海盗们的天下，他们会袭击进入浅水区的航船。长湾（Long Cay）南部的大棕榈叶遮天蔽日，是停船靠岸的理想地点，你在此可以捡几个树上掉下来的椰子解解渴。

　　来到新湾（New Cay），沿着岩石林立的海岸线向里走，小岛的东南处有迷人的内陆湖。这里通向红树湾（Mangrove Creek），这里的海浪很大，绿色的水和红树的根茎形成鲜明的色彩对比。

　　返回大伊克祖马斯岛的途中可以改换路线，从岛链的另一端行船。或者可以向东北方向航行，穿过伯坚岸，经过斯多克岛、威廉姆斯湾（Williams Cay）和孩童湾（Children's Bay Cay），最终到达最后的露营地点雷特湾。

清晨阳光照耀下的长湾红树　　在长湾的夕阳下泛舟

　　大伊克祖马斯岛往返航线只是一种选择。这里的小岛和海湾不胜枚举，可能在选择旅行线路的时候会感到无所适从。另一种方案可以从小伊克祖马斯岛出发，它位于岛链的最北端。在韦克斯湾（Wax Cay Cut）和昆赤湾（Conch Cay Cut）之间航行过程中可以经过伊克祖马斯岛和海洋公园，那里是世界上第一座幼苗繁殖区。1958年建成的这座渔业保护区以其未受破坏的原始生态美、理想的锚地和令人震惊的海底生态环境而闻名于世。在这里露营，邻居很可能就是那些两百多岁的老陆龟、海龟，甚至巴哈马龙——一种大蜥蜴。

　　不必拘泥于某条固定的线路。这里平静的水面清澈见底，随着光线的变化呈现不同风情，这样的热带海域风情一定会令你流连忘返的。

　　旅途资讯

　　伊克祖马斯岛的海星旅行社为游客推出海上泛舟游项目。从乔治市出发，因旅游的线路不同，时间长短也不一，还为游客提供小艇。他们经典的伊克祖马斯岛小艇十日游包括为期四天三夜的海上泛舟和大伊克祖马斯岛北部岛屿住宿游览。最后的三天晚上住在乔治市舒适的度假别墅，给你充足的时间航船、潜水、骑自行车游览小岛或者进行生态泛舟游。

火车穿越铜谷

By rail through Copper Canyon

奇瓦瓦·墨西哥
Chihuahua, Mexico

从奇瓦瓦通往东马德雷山脉的山路

穿越墨西哥西北部的东马德雷山脉（Sierra Madre range）蜿蜒曲折的山路，坐火车游铜谷（Copper Canyon）可以称得上是世界上最精彩的铁轨之旅。撤波（Chepe）号火车带你穿越653公里的路程，攀登到海拔四千多米的山峰，再回到水平线——途经奇瓦瓦（Chihuahua）大平原，翻山越岭，横穿太平洋平原最终到达罗斯莫奇斯（Los Mochis）。

撤波号火车引擎

坐火车穿越铜谷的旅程并非只是坐在车窗旁观赏窗外景色。一路上有许多事情可以做，其中包括游览传统的墨西哥城和塔若胡马哈印第安（Tarahumara Indian）村庄，徒步游历大峡谷，许多游客在沿途住宿。每天只有一趟旅游观光车——撤波普瑞（Chepe Primera）马拉特快列车。这辆豪华列车内宽敞舒适，空调恒温，服务周到，与飞机的经济舱有一拼，所以在旅途中可以得到很好的放松。

奇瓦瓦附近的原野

　　一大清早撒波号就从奇瓦瓦出发，出了城，广阔的草原映入眼帘——太阳冉冉升起，万物在和煦的阳光下苏醒。阳光的温暖赶走了夜晚的寒冷，火车在狭窄笔直的铁轨上急速飞驰。坐在车内细细品味着窗外墨西哥的风景，感受他们悠闲自得的生活方式。铁路沿线的路人们大都戴着奶油色的巴拿马草帽，步行或骑自行车去上班。一会儿工夫，火车穿过圣伊萨贝尔（Santa Isabel）和圣安德烈（San Andrés）镇时，会看到小孩子们成群结队地步行去上学。

114

迪维萨德罗位于铜谷的边缘

铜谷是世界上最大的峡谷群

泰莫瑞斯的桥梁

过了第一站考特麦克（Cuauhtémoc）镇，一路上经过成千上万亩苹果种植园，20世纪20年代在这一地区定居的门诺（Mennonites）人以种植苹果为生。他们信奉16世纪的再洗礼教派，重视家庭邻里关系，沿袭着传统的生活方式，没有电和汽车。来到50公里外的拉章塔（La Junta），火车开始缓缓地上坡，攀登东马德雷山脉，途中涓涓小河擦肩而过，美丽、神秘的山谷正迎接你的到来。只有车厢之间的窗子是开着的，这样你才可以尽览沿途美景。随着海拔的升高，气温会明显降低。

前面的风景更加秀丽迷人，沿途所见的在陡峭的山势曲折的山路上建造的这条铁轨令我们无不惊讶愕然，崇拜之情油然而生。铁轨沿着崎岖的山势蜿蜒曲折向上攀行，仿佛一只巨蟒卧于山间，一路上跨越不下36座桥梁，穿越87条隧道。这条铁轨于1961年竣工，工程历时大约90年之久，被公认为是世界上最伟大的工程。

许多游客选择在下一站库瑞尔（Creel）镇下车住宿，那里是游览铜谷的游客们的出发点，周围有许多塔若胡马哈（Tarahumara）村落。但是如果你想要在更特别一些的地方歇脚，不如坐着火车继续向前行驶来到50公里处的迪维萨德罗（Divisadero），这是一处位于大峡谷边上的度假村。撤波号在这里停15分钟，好让游客们有充足的时间照相。不过短短的15分钟是远远不够用的，尤其是来到迪维萨德罗的时候正值中午，阳光照耀下的大峡谷更加的壮丽迷人。不如在这里住一晚，酒店都是世界级的，还有充足的时间来欣赏玩味大峡谷的日出日落。

如果有充足的时间，可以从迪维萨德罗出发在导游的带领下徒步游览大峡谷，抵达峡谷最底端，途中需要露营。在这里，高山地貌被热带风光取而代之，芒果、橙子树遍地都是。铜谷指的是6处相连的峡谷组成的峡谷群，面积是美国大峡谷的4倍之多。而且谷底的海拔还要低，尤瑞克（Urique）峡谷是最低点，从边缘地带一直下降1879米。

库瑞尔附近的平原

泰莫瑞斯狭窄的隧道

　　在迪维萨德罗留宿的另外一个原因是在此坐上撒波号火车时将通向更美的景区。铁轨穿过惊人的隧道，沿着大峡谷陡峭的地势一路向上攀登。仿佛是坐过山车一般，一会儿还在费力地攀登一处高坡，下一秒钟却又急速下降。在泰莫瑞斯（Témoris），火车经过三级降，你会为眼前的景象所震惊，仿佛跌进了深渊。泰莫瑞斯是铜谷的一颗明珠，奔腾的瀑布汇入赛普特逊（Septentrión）河，河岸上怪石林立。

　　通向阿尔迪斯堪索（El Descanso）和劳瑞图（Loreto）的路上山势更加陡峭，风景也越发的绮丽，穿越高高地架在河上的桥梁，美丽的湖泊与我们擦肩而过。最终山势变得和缓，温度也有所回升，车速重又恢复正常，向西边方向行驶，几个小时以后，火车到达了终点站罗斯莫奇斯。但是，这座城市却没什么独特之处，所以许多人将最后的游览地点定在了阿尔弗埃特（El Fuerte）。坐在棕榈叶阴蔽的商场里，享受着傍晚微醺的氛围，仔细回味这段令人难忘的火车之旅。

劳瑞图附近的湖景

撒波号豪华列车每天都有来自各个方向的一趟列车，全年无休。经济舱列车也每天一趟，乘坐的多半是当地人，车速较慢，远不如豪华列车舒适。买票的时候可以随心所欲地选择下车的站次，票价经济实惠。虽然可以当天买票，但是为了保险起见最好预定车票，尤其是在5月到10月之间的旅游旺季。在奇瓦瓦、迪维萨德罗、波萨达德拜润卡斯（Posada de Barrancas）以及阿尔弗埃特都有上等的酒店可以住宿。如果在其他地方下车则不能确保有地方可以住宿。奇瓦瓦和罗斯莫奇斯都有机场，后者的机票价格更合算一些。

从迪维萨德罗攀登东马德雷山脉

库瑞尔平原上的日落

大篷车上的旅行

威克娄郡·爱尔兰
Wicklow, Ireland

Horse–drawn caravan

如果你向往在漫漫旅程中游山玩水，那么不妨跳上一辆马拉大篷车，游历爱尔兰的名山大川。远离工作，只有你、爱尔兰马和幽静的小路。

这段简单而又愉悦的旅程会让你融入爱尔兰风景如画的自然风光，沿途农家的看门狗叫声、曲棍球选手的呐喊声伴着农田里耕种的农夫们哼着的小曲。身后的大篷车就是你的家，你可以尽情地信马由缰，自由自在。

向西走是绵延起伏的群山、神秘的山谷，其中包括格伦马鲁尔（Glenmalure）——英伦三岛上最长的冰川峡谷——以及格兰达洛（Glendalough），那里的湖泊秀丽迷人。向东走，风景则截然不同，广阔的沙滩，起伏的沙丘。道路就在脚下，没有任何拘泥和束缚，也没有固定的计划和日程安排，随心所欲才是旅游的真谛。

格兰达洛美丽的湖泊

格兰达洛的马拉大篷车

格兰达洛的小路

这一地区最大的一个优势就是宁静的乡间小道四通八达，畅通无阻。有时候你也许会驶入繁忙的道路，但是地图上都会有所标注，所以不难规划行程路线。

有许多地方可以为游客提供住宿，提供淋浴和喂马的草料。许多驾着大篷车游览的游客都选择通向这些住宿点的最为安静的路线。

威克娄郡距离都柏林南部仅有两个小时的车程，这里也被称为"爱尔兰的花园"，郁郁葱葱，风景如画。但是只有坐在大篷车上才能更好地体会这种如画的乡间风景。你会发现自己与马儿相处一周的时间就仿佛突然间有了个孩子——一个身材硕大无比又胃口奇好的孩子。它成了生活的重心，每天早上第一件事就是管它吃喝拉撒。

在嘉瑞格摩尔（Carrigmore）的基地，你可以租到一匹马和一辆大篷车，并且学习如何与马儿相处，包括每天早上把它从马厩里拉出来套上大篷车。秘诀是提着一大篮子燕麦，这可是它们最爱吃的东西，一会儿工夫它们就会风卷残云一般吃个精光。心满意足之后，它们便会更加的听话。喂食之后接下来你要检查一下它们的马掌里面有没有夹带着小石子，然后用刷子把它们的身上刷洗干净。

喂食刷洗结束后，你的工作才刚完成了一半。接下来是给马上马鞍，套上大篷车。驾驭这么一头体格庞大的动物着实不易，尤其是万事开头难，但是马车租赁处的工作人员会向毫无驾车经验的游客提供帮助。

然后出了农舍你就可以踏上旅程了，听着马蹄嘀嗒嘀嗒有节奏的响声，伴着大篷车车轮滚滚的声音。

格兰达洛附近的山林

坐在大篷车前的木质座椅上，牵着缰绳，你可以从嘉瑞格摩尔的乡间小路出发，一路向北，穿越格兰尼利（Glenealy）附近郁郁葱葱的丛林，环绕嘉瑞克（Carrick）山，来到嘉瑞达弗（Garryduff）和欧比尼（O'Byrne's）牧场。这里的农家烤饼和传统的棕面包真是令人胃口大开。

向西行进，风景逐渐变化，走出茂密的丛林，取而代之的是开阔的平原，周围群山叠嶂。格伦马鲁尔，两旁悬崖峭壁林立，瀑布奔腾而下，山坡上布满蕨类植物风景美不胜收。难怪1798年叛乱被镇压后的叛军首领迈克·道耶尔为了躲避英军的通缉，就以这片荒原为藏身之处。这里的悬崖峭壁、崇山峻岭、茂密丛林可以提供绝妙的掩护。

向坐落在圣乔治海峡边上的热闹的海滨城市阿克罗（Arklow）方向前进，风景又有所变化：静谧的海滨小路，再往远处就是一片无边无际的大海；向北，布瑞特斯（Brittas）海湾的沙滩在阳光下发光。

到达格伦马鲁尔

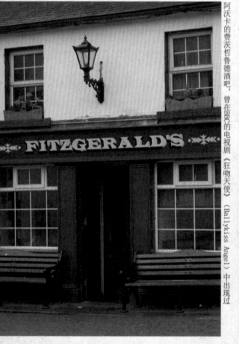

阿沃卡的费茨哲鲁德酒吧，曾在BBC的电视剧《狂吻天使》（Ballykiss Angel）中出现过

去嘉瑞达弗途中

大篷车缓慢的步伐，轻快的节奏，使你有充足的时间欣赏沿途大好风光。每小时6公里的速度使得时间的脚步好像慢了下来，闲适之中品味着自然之美，身心可以得到充分的放松。

旅行结束后你会不敢相信短短的7天时间自己竟然走了那么远的路程；也不敢相信自己竟然游览了如此多的风景——马车速度如此缓慢。你也许会觉得一周时间还远远未能尽兴——原来自己有着做游牧民的潜质，喜不自禁重又踏上旅途。

格伦马鲁尔的清晨

旅途资讯 ▫--▫

克里斯曼（Clissmann）马拉大篷车租赁行从上个世纪60年代开始就为游客提供自助大篷车的租赁业务，四轮马拉大篷车上提供做饭设备和床上用品，教授赶马拉车技术，并且在沿途拥有农庄、酒店、酒吧以及牧马草原和大车店。多家航空公司提供飞往都柏林的航班，爱尔兰渡船公司提供每天从威尔士的荷利赫德（Holyhead）开往都柏林的渡船。

北极熊的世界

丘吉尔市·加拿大
Into the ice bear kingdom
Churchill, Canada

　　每年冬天，在曼尼托巴最北边，北冰洋海岸岸边的丘吉尔市，总能看到北极熊们聚集在水边等待水面结冰，捕食海豹。坐上一辆小机动车，可以探索它们的王国，体验北极边缘的原始之美。途中会与这些披着美丽的白色皮毛的庞然大物们相遇，一睹它们的风采。

12月份北冰洋海岸开始结冰

　　许多地方因其远离现代文明而变得神秘，但是丘吉尔市却是另外一番景象。这里道路不通，所以来这里只能坐两个半小时的飞机，或者坐36个小时的火车。飞机和火车都从温尼伯出发。不管你选择什么样的方式，这座小镇都将会令你大吃一惊。10月初到12月中旬之间，长达6周时间，是北极熊出来觅食的时期，所以可以有机会见识一下这种雄壮而又美丽的动物，但天气却也奇寒无比。虽然比不上一月份那样寒冷，但是也足以把人冻僵，所以穿着防寒服至关重要。

冰原上的日落

日出时分开车去北极熊站

宿营地的日落

丘吉尔市作为哈得逊湾公司（Hudson's Bay Company）的通商口岸于1717年建立，这座简单而又质朴的小镇给人的第一印象是荒无人烟。在冰封的街道上漫步，白雪覆盖了两旁的房屋，在周围的冰原地貌下能够感受到因纽特（Inuit）文明的痕迹，热情而又坚强的人们把这里建设成了美丽的家园。丘吉尔市有三样东西数量庞大：北极熊——这里被誉为"世界北极熊之都"、未受人为破坏的自然风光、个性鲜明的居民。从公车司机到饭店服务员，这里的每个人仿佛都有一肚子的笑话。在这里呆得越久就越被小镇的风土人情所吸引，小镇的与世隔绝也仿佛正是它的魅力所在。

　　还有一些有意思的去处，比如酒吧、一系列风味餐厅，如果你幸运的话，还可以见识到北方之光（Northern Lights）的表演，不过见识一下这里的北极熊是主要的目的。在清晨耀眼的阳光下，太阳在凯尔西大道（Kelsey Boulevard）缓缓升起，这是丘吉尔市的主要道路。你可以乘上一辆传统的校车，出了小镇大约半小时的路程，就来到了位于北冰洋海岸边缘地区的冰原大型机动车站。这些机器怪物是由一位当地导游设计发明的——在丘吉尔市生产——巨大的车轮能在柔软的冰原地表轻松前行。这些车辆也许看上去与周围的原始自然风光格格不入，但是一旦踏上行程，你会发现这是唯一能在如此恶劣的自然环境下行驶的交通工具。给人印象深刻的是这儿为这些车辆修建了专门的交通网，大部分是由美国坦克踏出来的：在二战到80年代之间，丘吉尔市是一处重要的战略武装基地。

　　同大多数野生动物之旅一样，需要耐心，但是随着车子朝着约旦点（Gordon Point）的方向前行，向西经过沃逊点（Watson Point），在棕色和白色交织的大自然景观中找寻生命痕迹，一点都不会感到乏味。除了北极熊以外，我们还能看到其他只在北方冰原地带生存的动物，其中包括驯鹿、北极兔、北极狐、雪色猫头鹰和雷鸟。野生动物已经令我们感到兴奋异常，北极熊以其特殊的震撼力更是令车上的乘客无不目瞪口呆。戴维·哈赤这样的自然学家的锐利眼睛会帮我们找到北极熊的踪迹，因为北极熊不动的时候就像一块大石头，很难发现。

不过它们不会休息很长时间。它们喜欢打架嬉戏，如果你停车观看一群北极熊的话，就会发现它们喜欢挑战对方，摔跤，甚至骑在对方身上——一副骄傲的样子，仿佛是世界拳击冠军。雄性北极熊重达500—600公斤，所以定然是重量级选手，但是在玩耍嬉戏中的它们很少会对对方造成任何伤害。雌性北极熊常常领着小熊穿过冰原。北极熊硕大无比的熊掌，戴着黑色的肉垫、长长的爪子，使它们能够如履平地似的在薄冰上行走。

年轻的雄性北极熊嬉戏打闹

北极熊耐心地等待海湾结冰

雄性北极熊通常以站立姿势打架

　　温度只需持续在20摄氏度以下几天时间，北冰洋海岸就会逐渐结冰，北极熊们就开始踏上冰面寻找海豹，那是它们最喜欢吃的食物。它们独自踏上长长的征程，在湖面上寻找冰穴，海豹会从冰穴中钻出，所以它们就等在旁边，伺机捕食。

　　在冰原上游历多日——有些游客甚至在冰原上的汽车旅店住宿——你就能体会到原本看上去毫无生命力的一片冰原实际上充满了生命之美。

　旅途资讯　 ⊐╌╌╌╌╌╌╌╌╌╌╌╌╌╌╌╌╌╌╌╌╌╌╌╌╌╌╌╌╌╌╌╌╌╌╌⊏

　　包括探索世界在内的多家旅行社组织到丘吉尔市探寻北极熊的旅行。游客众多，旺季又比较短暂，车辆也比较有限，所以最好是提前预订。哈得逊湾公司可以提供海湾上方飞行的项目，可以带你领略冰原风光，也是观察北极熊以及其他野生动物的另一种方式。在丘吉尔市住宿条件比较有限，丘吉尔市汽车旅店是其中最好的。气温随时都会急剧下降，寒风刺骨，所以事先多备些保暖的衣服。

波希米亚之旅

A Bohemian journey

布拉格·捷克共和国

Prague, Czech Republic

捷克共和国的首都布拉格以其文化底蕴、神秘色彩、美丽的建筑物成为欧洲最著名的城市，几个世纪以来吸引着来自世界各地的音乐家、诗人、艺术家。这座城市同样也是波希米亚的首都，在城里的大街小巷漫步，不难发现当年波希米亚国王们留下的遗迹。布拉格如此丰富多彩，所以是度过一段悠长假期的好地方。

布拉格位于伏尔塔瓦（Vltava）河岸边，由5个区组成，每个区都有各自不同的特色和历史。大多数人都是从哈若德卡尼（Hradcany）开始游览布拉格的，那里是这座城市最老的城区。布拉格城堡和天主教堂坐落在高高的山坡上，尖顶直冲蓝天。通向城堡的山路较长，最好是从桑诺沃斯卡（Thunovska）街上山，通往乔科瓦（Chotkova）街的下山路更长一些。两条路旁都是商亭林立，但也有艺术家在这里卖画，他们的水彩画和摄影作品有着一定的艺术价值。

伏尔塔瓦河上的桥梁

犹太区的咖啡厅

布拉格城堡始建于公元9世纪，是从伯勒斯拉夫（Boleslav）王子统治的普列米索立德（Premyslid）王朝时期开始修建的，从那以后建筑结构随着时间的推移也不断变化补充。主要入口位于哈若德卡尼（Hradcany）广场，那里的爵士乐和古典乐手在天主教宫殿门前大显身手。在进门前从城墙后面俯瞰整个城市，红色的尖顶与河水相映成趣——千辛万苦登山的酬劳。

一旦进入城堡内，两处宽阔的外庭通向中庭，圣维图特哥特式的外形展现在你眼前。公元14世纪由查尔斯四世下令修建的这座城堡在600年后的1929年才彻底完工。在去乔科瓦街的路上，倾斜的黄金小道不容错过，不仅其颜色令人心旷神怡，两旁的小屋也别有一番情调，而且这里的22号房子是世界著名作家弗兰兹·卡夫卡的故居。卡夫卡对布拉格的影响现在依然能够感受得到。

从哈若德卡尼看布拉格

黄金小道

共和国广场的市政厅

　　回到伏尔塔瓦河畔，伏尔塔瓦河西岸的小城区次区（Malá Strana）正等待你去探幽。这个区是在公元1541年的一场大火的废墟中重建的，取而代之的巴洛克建筑保存完好。精美的玻璃墙壁，蜡笔画色彩的建筑外表，环绕着中心广场，圣尼古拉斯教堂绿色的穹顶位于玛罗斯阮斯克·纳米斯提（Malostranské námestí）广场的西边。通往教堂门口的鹅卵石小道被22号电车道隔开。如果你想快速游览这座城市，这条线路是很不错的选择，坐上布拉格独特的红白相间电车，将会带你领略整个布拉格的风采。

现在可以过河了，河上有许多桥梁，但仅有一座吸引了所有游客的视线：那就是卡罗维（Karlov，即查尔斯桥）桥。这座桥梁连接了河两岸，是波希米亚国王队伍行进的路线。沿着莫斯泰科卡（Mostecká）街狭窄的小路，穿过黑石修建的拱廊，来到桥边，你会发现不得不放慢脚步。查尔斯（Charles）桥拒绝匆忙的行人。它有着坚固的哥特式墙壁、鹅卵石地面，两旁是30座雕塑，大多是圣人。尽管圣温赛斯拉斯也在其中，最著名的还要数内波穆克的圣约翰的雕像，他是布拉格14世纪的天主教区代理主教。因为企图谋反，被温赛斯拉斯四世推下了这座桥，雕像头顶的7颗星代表当年他在河里淹死的时候水面升起的七颗星。刻在雕像底座处的生平介绍被游人们磨光了。

伏尔塔瓦河西岸小城区的天空

克罗维桥的雕像

卡尔劳瓦街道两旁的房屋

当你离开咖啡馆珠宝店林立的卡尔劳瓦（Karlova）街时，穿过这些店铺，来到老城（Staré Mesto）的中心地区。中心是欧洲最著名的广场：老城广场（the Staroměstské náměstí）。优雅的提恩（Tyn）教堂穹顶映入眼帘，但对面的老城市政厅更吸引人的注意。在其南面是一座神奇的天文学大钟，看上去像一个复杂的日晷，每个小时，所有布拉格居民都会聚精会神地听它报时。最上部是能发出死亡之声的死神的雕像，随后其他雕像一一出现，包括贪婪、虚荣以及十二门徒。继续沿着波希米亚国王们的足迹向前行进，沿着塞拉特纳（Celetna）街，美丽的蜡笔画一般的小房子出现在两旁，哥特式塔楼的尖顶呈现在眼前。

圣维图特的穿顶直冲云霄

可以乘坐老爷车游览这座城市

卡尔劳瓦街道上华丽的窗户

22号电车道

查尔斯桥的清晨

伏尔塔瓦岸边的房屋

弗兰兹·卡夫卡继续影响着布拉格

古老的犹太人公墓　　布拉格城堡中的圣维图特

　　到了晚上，休闲娱乐的方式太多了，以至于让人无所适从，尤其是如果你喜欢古典音乐的话。布拉格人的血液里流淌着音乐元素，一些世界著名的作曲家都造访过这座城市，包括德沃夏克和在这里创作了《唐璜》的莫扎特。每天晚上，大街小巷都飘荡着古典音乐。

　　犹太区（Josefov）在老城区内。看上去明显的比其他区要富庶，也是布拉格最动人的城区。古老的犹太人公墓墓碑下层层叠叠地埋葬着故人，迫害他们致死的刽子手们就赏给了他们这么有限的空间来掩埋尸骨。这也让我们领略到布拉格的多元文化，而且这座城市成也就为游客们竞相探秘的所在。

旅途资讯

　　包括汤姆逊航空（Thomsonfly）在内的许多家航空公司都有飞往布拉格的航班。尽管布拉格有许多酒店旅馆可供住宿，但到了七八月份旅游旺季仍会人满为患，所以最好提前预订。俱乐部酒店可以为你提前预订房间住宿。如果天气好，还可以乘热气球游览城郊和附近城堡。如果你想听音乐会需要认真选择——演出的水准千差万别。不要错过新城（Nové Mesto）一公里长的温赛斯拉斯广场，在那里散步非常惬意。

坐马车游览布拉格

老城区的天文钟

荡起双桨

Paddles and pedals

派库埃尔到尼科亚·哥斯达黎加

Pacuáre to Nicoya, Costa Rica

阿雷纳火山

　　要论自然风光，哥斯达黎加当之无愧是中美洲之最。这里的景观令人目不暇接，有湍急的河流、活火山、热带雨林以及迷人的沙滩。没有比在河里泛舟游览这片美丽的土地更好的旅游方式了，沿着派库埃尔（Pacuare）河顺流直下，穿过尼科亚半岛——一路上只需举手之劳便可体验无穷乐趣。

在派库埃尔河上划艇

　　长达8天的旅行过程中你将体验激流划艇、山地自行车、攀岩甚至海上行船，哥斯达黎加的美景能让你一饱眼福。不要因为自己没有运动细胞而垂头丧气。尽管这场旅行要求健康的体魄，但是无论你走到哪里后面都会跟随后援车辆，一旦出现体力不支便可以上车休息。

　　旅行以为期两天的激流划艇拉开序幕，沿美丽的派库埃尔河向斯奎瑞斯（Siquirres）方向前进，长达29公里的路程，河流湍急，给人以刺激的体验。从科迪勒拉（Cordillera）山脉最高峰出发，水流穿过峡谷，最终汇入加勒比海。一路上有好几段湍流——等级为三到四级，身上很容易被打湿，惊险刺激能使你的心跳加快——间隔有平静的水面，可以放松一下紧张的神经，欣赏沿岸的风景和野生动物。

在划艇之前接受指导

派库埃尔河上的三四级湍流

去阿雷纳途中遇到的咖啡种植园

　　可以在图里亚尔瓦（Turrialba）火山附近的泰以奎斯（Tres Equis）下水泛舟，这里距离哥斯达黎加的首都圣何塞有两个半小时的车程。在经过一段时间的练习之后就可以顺流直下了。在遇到前面三级湍流之前所学到的所有注意事项仿佛都抛在了脑后。当你在实战中磨炼了技巧，对自己的划船技术信心百倍之时就可以挑战"五级湍流"了。坐在皮艇的最前端，视线毫无遮挡——可以充分感受到翻滚的巨浪迎面而来时的惊心动魄。

　　由导游掌舵，会吩咐船上的同伴们卖力划船，当船到达"滑坡"、"颠石"这样的湍流的时候船体上下颠簸晃动，惊心动魄。到了中午，就可以看到虎穴（El Nido del Tigre）这处宿营地点了。位于雨林之中，躺在吊床上，看着飞鸟和蝴蝶飞舞，周围的植物郁郁葱葱。

第二天划艇就会遇到最大的一处湍流，有几处还岩石林立。顺利通过这些湍流的最好方法就是按照导游的吩咐行事。如果听到"向前划行！"那么最好照办，而且要快。少了船桨强有力的支持，湍流中的皮艇将会非常难以控制。如果你不想翻船，搞得大家都掉到水里，全身湿透，那么最好用力划桨。当你到达斯奎瑞斯的时候一定会为自己的成就感到骄傲。

　　开车向北来到阿雷纳火山，世界上最活跃的活火山之一。如果你想在划了两天船之后活动活动腿脚，那么这里是个好地方有许多登山的小路，其中还有通往赛若查图（Cerro Chato）的山路——另外一处火山。征服一座火山之后，傍晚你就可以心满意足地在阿雷纳脚下豪华的塔帕库（Tabacón）温泉假日酒店歇脚了。在这里你可以放松身心，沉浸在如画的风景之中，享受温泉，遥望火山喷发，看红色岩浆流淌。

塔帕库温泉假日酒店的红树

骑车去太平洋海岸

塔帕库温泉假日酒店

在尼科亚半岛的沙滩上骑自行车

萨玛若附近划船

继续踏上旅程，穿山越岭，几小时的时间就来到了太平洋海岸，从这里骑上山地车出发，沿着尼科亚半岛可以到达萨玛若（Samara）。这片土地是哥斯达黎加最偏僻的地区，在风景优美的沙滩上骑自行车真是一种难得的享受。你还可以在海上泛舟——沿着海岸线游览——然后再骑上车子向南行进。

一路上风景不断变化，在旅程中把车子举过头顶，趟过小河——炎热的天气下给自己降降温。旅行的最后一站是荒无人烟的沙滩，包括圣米格（San Miguel）海滩。如果你幸运的话，可以看到海龟夜间上岸来产卵。

游历哥斯达黎加的山山水水令人心旷神怡，但是当你在终点看到后援车的那一刻也许就想坐在那里什么都不做，只想放松一下紧张而又疲惫的身躯，公车几个小时就带你回到圣何塞。

尼科亚半岛的日落

萨玛若沙滩上的黎明

旅途资讯

　　圣何塞的海岸间冒险旅行社为游客提供游览哥斯达黎加的多种旅游路线。旅行社还向游客出租所需的交通工具和设备。有些人喜欢带着自己的山地车，但是也可以从旅行社租到顶好的车子。太平洋海岸有时会有巨浪，所以游泳之前一定要询问向导一下海浪的情况。事先在医院检查一下身体确保高强度运动不会引发疾病——这里的高温和潮湿的气候也许会诱发一些疾病。

巴塔哥尼亚之旅

Through Patagonian fjords

蒙特港·智利

Puerto Montt, Chile

在智利南海岸撒诺斯（Chonos）群岛上千座荒无人烟的小岛之间航行，你能有幸见到鲸鱼、海豚和屹立的冰山。更重要的是旅行花费并不高昂，这为期4天的旅行真是物超所值。

纳塔莱斯港荒凉而又美丽的最后希望湾

　　这段旅行一直没有一条固定的航线。直到上个世纪90年代中叶，坐船往返于蒙特港和纳塔莱斯港之间的智利巴塔哥尼亚之旅仍不为世人所知，只有那些卡车司机为了省去1450公里颠簸的山路才走这条线路，另外极个别的游客想要到托雷德裴恩国家公园徒步旅行也会选择这段地球上人迹罕至的道路来挑战。一传十，十传百，随着这条航线的名气大涨，来这里的游客数目也暴增，纳维马格（Navimag）号的船主最终决定在船上安排食宿，以满足游客们的需求。船上为游客提供三餐，你还可以带上智利的美酒——船上的派对令你为期4天的旅行丰富多彩。卡车司机依然走这条线路。线路虽然简单，但沿途有无限乐趣。

船上气氛活跃

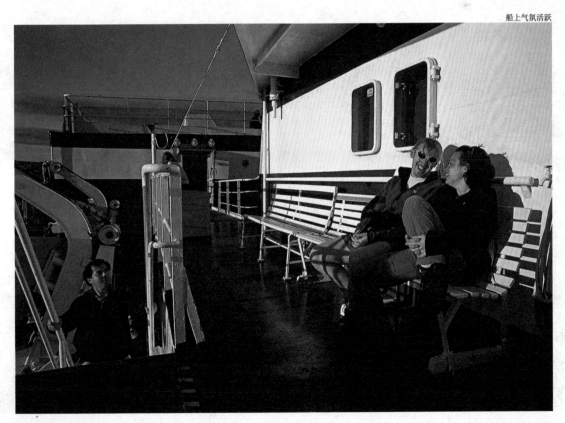

在傍晚的夕阳下扬帆远航，船很快离开了蒙特港色彩斑斓的木制建筑，穿越安库德湾（Ancud Gulf）和奇洛埃岛（Chiloé Island）——达尔文乘坐的英国皇家海军贝格尔号考察船停泊靠岸的地点。远处两座奇丽的火山常年积雪，它们是奥索尔诺（Osorno）和豪诺皮若（Hornopiren），在平坦的陆地上拔地而起。

继续向南走，景色越发的荒凉，这片陌生的土地上竟然已经看不到村落和人类文明的痕迹。达尔文和他的手下们认为这些小岛根本无法进入，于是就写道："茂密的树林不见天日，用人类脆弱的身躯试图穿过这片树林的努力只是徒劳的。"

穿过安古斯图拉·英格雷萨（Angostura Inglesa）

巴塔哥尼亚美丽的天空

　　此时的河道变得出奇的狭窄，好像完全无法避免搁浅在海滩上，但是船一旦过了河道，一望无际的南部海让人眼前豁然开朗。穿过悲伤海湾（Golfo de Penas），那里有着许多传奇故事，距离它还有一段路程的时候人们便开始谈论它，道听途说来的故事讲得津津有味。服务人员会给大家发放晕船药，使得气氛更为紧张。

在这片海域航行需要技术高超的船员

　　在船舱里颠簸一个晚上，船身随着浪头起起伏伏，在那些卡车司机们看来好像小菜一碟——但是晕船药还是可以解一时之需的。受尽了海湾的折磨，得到的奖励就是眼前令人心旷神怡的美景，壮丽的群山、冰河、冰川湖泊和海豹、座头鲸、海豚出没的水域。这片海是凶悍的泰赫莱彻印第安人（Teheuleche Indian）的古老商道，他们是唯一成功地抵御了西班牙入侵的南美民族。他们的后裔——卡沃斯卡尔（Kawéskars）人，仍然散居在南部河道旁，船只会停靠在伊登港（Puerto Edén），卸载货物和给养，使船上的游客有时间购买当地人的手工艺品。

152

船上的安全设施

有很多时间用来休息放松

　　在船上的最后一夜是迪斯科之夜，巴塔哥尼亚的傍晚暮霭下，在嘎图·尼格若（Gato Negro）酒和经典的阿巴（Abba）调子的作用下，人们开始尽情狂欢。这不禁让人们体会到金钱并不一定能够买到最开心的旅程。

　　在清晨的阳光下，船长技巧纯熟地掌控着船只穿过狭窄的安古斯图拉·尹格拉萨（Angostura Inglesa，即英国峡湾），进入壮观的最后希望湾（Last Hope Sound），那里的云千姿百态。纳塔莱斯港房屋的锡顶在阳光下闪闪发光，但没有人急着下船。

太阳出来了，大家都到甲板上观光

蒙特港位于奇洛埃岛对面

　　纳维马格船每周往返一次——最好是由北向南航行，因为越向南人迹就越发罕至。可以直接从网上向纳维马格订票，船票价格因船舱规格不同而有所区别。票价中包括一日三餐，但最好自备一些小食品以及饮料。你可以从圣地亚哥飞往蒙特港，或者坐16个小时的舒适的大巴。

山上的积雪

船只也同样运送货物

与华兹华斯同行

Walking with Wordsworth

湖区·英国

Lake District, England

黎明时分如镜面一般的迷人湖泊

　　英国诗人威廉·华兹华斯作品的影响力使得英国西北部湖区的崇山峻岭和郁郁葱葱的山谷保持着其特有的魅力，吸引着世界各地的游客来这里徒步旅行。重走威廉·华兹华斯之路，可以体会诗人笔下"像一片浮云一般独自漫步于天地之间……"的感觉。

湖区的日出

　　湖区激发了众多作家的创作灵感，但唯有华兹华斯是在这里出生的，他于1770年出生在科克茅斯（Cockermouth）镇。童年在潘里斯（Penrith）度过，位于湖区的东北部，后来在浩克赫德（Hawkshead）上学。在浩克赫德的8年培养了他对诗歌的爱好，这也许要归功于这里美丽的山山水水，绿意盎然的旷野、伊斯维特湖（Esthwaite Water）旁的小树林，另外还有校长对他的鼓励。他习惯清晨上学前在树林中漫步，长大后其足迹更是踏遍了整个湖区。

德文特湖

　　威廉·华兹华斯之路是湖区国家公园内的一条环道，起点和终点都在科克茅斯，长约290公里，途经凯斯维克（Keswick）、潘里斯、温德米尔、浩克赫德和巴特米尔。游览全程需要长达两周的时间，但是可以将路程分割，或者选择特定经典一日游，时间可以随心所欲。

　　通常人们会从位于科克茅斯主街上的华兹华斯故居出发。出了这座喧闹的小镇步行去凯斯维克需要大约5个小时的时间。路上会经过低劳顿（Low Lorton）村，那里的紫杉树在华兹华斯笔下非常生动。凯斯维克位于壮观的德文特（Derwent）湖最北端，现在是水上运动的胜地，也是湖区内第三大湖泊。5座小岛零星点缀于其间，湖边是猫铃（Cat Bells）峰脚下长满蕨类植物的小山坡。精力充沛的游客可以从这里拐弯到达阿帕莱斯维特（Applethwaite），攀登斯哥德（Skiddaw）（海拔931米）。

第三天，你会来到华兹华斯最钟爱的山脉：雄伟壮丽的赫尔维林峰（905米），位于赊尔米和乌尔斯威特之间。如果你不恐高、喜欢惊险刺激、天气条件又允许的话，可以尝试从阔步峰陡峭的山坡下山。华兹华斯在"忠贞"一诗中称赞赫尔维林峰道：

彩虹映空

云朵迷雾遮掩了天际

阳光挥洒

雷鸣如万马奔腾

却又匆匆而过

而巨大的屏障挡住了去路

格拉斯米尔的鸽之屋

华兹华斯的墓碑

格拉斯米尔教堂的华兹华斯之墓

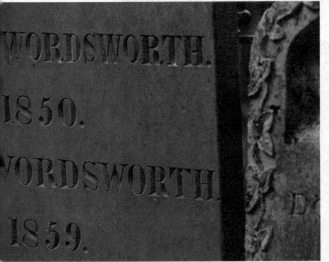

格拉斯米尔教堂

　　尽管大多数人会选择从格林瑞丁（Glenridding）向东走到潘里斯，也可以换个方向，向南穿越美丽的山峦，到达格拉斯米尔，那里是华兹华斯真正的精神家园。在远离这片钟爱的湖区长达12年后的1799年诗人与妹妹多洛茜一同回到了他们魂牵梦绕的地方，在格拉斯米尔买下了鸽之屋。那里白苔藓（White Moss Common）环绕的群山峻岭、风景如画的莱德（Rydal）湖激发了他的创作灵感，写下了许多首闻名于世的诗歌，其中包括"水仙花"（Daffodil）和"童年回忆中永生的暗示"（Intimations of Immortality from Recollections of Early Childhood）。在鸽之屋居住了14年之后华兹华斯举家迁到了附近的莱德峰，但在他1850年去世的时候遗体却埋在了格拉斯米尔教堂墓地，永远地安息在他钟爱的那片土地上。他的妻子玛丽、妹妹多洛茜以及女儿朵拉也埋在了他的身旁，来到这里不去参观一下这位伟大诗人的墓是很遗憾的。

赫尔韦林峰的阔步峰

从格拉斯米尔出发，向西攀登高耸的兰德尔峰（Langdale Pikes），华兹华斯对这里的山路在"远足"（The Excursion）这首诗中做了高度评价。攀登山峰非常艰难，但是一旦到了山顶便觉眼前一亮，山下兰德尔谷和唐贞吉尔（Dungeon Ghyll）的美景尽收眼底。从安布尔斯德（Ambleside）继续向南走，道路开始变得平坦易行，沿着温德米尔湖边行走风景美不胜收，这片湖泊是湖区中最负盛名的。温德米尔镇以及附近的波尼斯（Bowness）镇都有很多观光点——你会流连忘返，忍不住在此地耽搁几天。

从波尼斯继续前行，沿着小路来到西部湖泊，途中乘坐渡船，穿过茂密的格雷兹德尔森林公园，最终到达浩克赫德。你会发现这一地区非常安静，景色也更为原始。华兹华斯在这里得到了许多创作灵感，现在也广受当地人的喜爱。从浩克赫德到布特（Boot），沿途经过科尼斯顿（Coniston）湖，从这里可以通向湖区标志性的山峰——科尼斯顿峰。

猫铃的农田

布特北部是沃斯代尔峰，山谷葱翠空幽，旁边屹立着英国最高峰——斯科菲峰（978米）。返回科克茅斯途中会有几处山路比较难行。不过此时也许你的双腿已经适应了湖区的山路，那就可以腾出精力来感受华兹华斯当年的创作历程。

旅途资讯

距离湖区最近的国际机场在曼彻斯特。从那里出发到湖区只需一两个小时的车程，也可以坐火车，这取决于你的目的地。尽管两个镇子之间会有公交车，但如果想速度快一点的话可以租车。湖区的天气变化无常，所以至少需要多带一件保暖的防水外套。为徒步旅行者提供的地图非常详尽，最常用的是英国地形测量局出版的1：50000地图册和探索者1：25000地图册。这两种地图在湖区小镇有售。在霍华德·贝克的旅行指南《威廉·华兹华斯之路》中对旅行者如何规划旅行有详细指导，确保你天黑之前能够达到住宿地点。

猫铃在德文特湖附近　　　从猫铃下山

跨蒙古铁路

Trans-Mongolian Railway

莫斯科到北京

Moscow to Beijing

从俄罗斯首都莫斯科坐上跨蒙古铁路的火车，穿越西伯利亚大草原和戈壁沙漠，历时一周到达北京，这趟长途火车旅行途中的见闻定会使你记忆深刻。

跨蒙古铁路线长达近8000公里，与其他两条线路合称为西伯利亚大铁路。另外两条铁路是从莫斯科出发途经中国东北而非蒙古，到达北京；而西伯利亚铁路则从莫斯科到海参崴。后一条铁路无疑成为了火车旅行爱好者除了蒙古铁路之外的备选项，前者沿途所见景点比后者要少，历时更长。跨蒙古铁路从贝加尔湖东岸的乌兰乌德向南转向，向乌兰巴托方向行驶。

乌兰乌德站的乘务员

51977 软卧车
RUANWOCHE

硬卧车 Y
YINGWOCHE

这三条铁路线为游客提供真正的火车旅行，而非奢华的享受，所以最好做好心理准备，一路上会与当地人坐在同一个车厢里，旅程比较辛苦。火车只在沿途车站停很短时间，让乘客上下车，并且允许车站的小贩通过车窗贩卖食物和皮毛。火车不会专门为了游览景点而停车，所以如果你想在某一处景点多耽搁一段时间，就只能下车再等下一辆——除非你在主要城市下车，否则下一辆火车要等到一周以后。自助游客需要精心安排时间，随旅游团出游就不必自己费心了。

乌兰巴托的佛教寺庙——甘丹寺

19世纪末期因为贸易的发展以及海参崴港口的通航，从莫斯科向东修建一条铁路势在必行，所以1891年沙皇亚历山大三世下令正式破土动工修建这条铁路。在大批军人和囚犯组成的施工队伍的努力下，15年后铁路开始正式通车。莫斯科这座城市有着独特的魅力，所以上火车之前可以在这里住几天，游览一下市内景点。位于红场的圣巴索大教堂是一处不容错过的景点，艳丽的色彩及其高耸的圆顶令人为之陶醉。

火车乘务员

莫斯科红场的圣巴索大教堂

莫斯科列宁墓

在莫斯科的雅罗斯拉夫斯基火车站坐上跨蒙古火车，你也许会注意到所到之处都会有工作人员向你微笑致意——他们会友好地帮你解决一切困难。依据你的旅行计划，你可以乘坐有两张床铺的头等车厢，或者四张床铺的经济车厢——左右两个上下铺。每辆火车都有餐车。大多数时候车上的饭食最多也就只是过得去而已——航空标准。

离开莫斯科，火车快速向西叶卡特琳堡行驶，两旁是迷人的旷野；叶卡特琳堡于1721年在凯瑟琳大帝统治时期形成，现在已经发展成为工业城市。在刚刚开始旅程的这段时间车内比窗外的景致更有吸引力，因为你可以见到许多俄罗斯当地人、西伯利亚人——西伯利亚人认为他们跟俄罗斯人是两个完全不同的人种，西伯利亚一直以来都是中国人、欧洲人和澳大利亚人、新西兰人的流放地。俄罗斯人和西伯利亚人对生活充满热爱和激情，伏特加是他们的最爱。每天晚上车厢内总会有他们聚在一起举杯共饮的身影。

克林姆林的拿破仑火炮

颐和园的宝塔

在荒无人烟的地区行驶了几天之后，就来到了旅程中的第一处亮点——贝加尔湖。在重要的商业中心伊尔库茨克城外，贝加尔湖波光粼粼，是世界上最深同时也是亚洲最大的湖。长645公里、宽80公里、深1637米，与其说是湖，不如说是海，因为其规模更像是海，湖水占全球淡水总储量的1/5。形成于两亿五千万年以前，当地动植物物种多种多样，贝加尔海豹也以此为家，被联合国教科文组织评为世界遗产，真是名至实归。你可以考虑在这里下车，多游览几天。

北京天安门广场上的毛主席像

攀登中国的长城

石狮

　　如果你没时间在这里多耽搁，也不必沮丧，火车沿着湖岸徐徐向东行驶，沿途还有无数美景，下一处是乌兰乌德，跨蒙古铁路从那里与其他西伯利亚大铁路线分开。从莫斯科启程到这座城市已经走了有5500公里路程，这里有着浓厚的佛教传统，还有其他宗教信仰的历史遗迹，包括被前苏联禁止之后储存在这里的西藏藏药地图。从这里到俄蒙边界处的纳吾什基有12小时的路程，沿途是起伏的大草原，给这趟火车之旅带来原始美感。

　　你会发现现在跨越边境已经远比以前简单。为了促进旅游业的发展，大多数国家都简便了出入境手续。这场旅行会令你回忆起过去的繁琐程序，需要填写的表格所囊括的内容繁复，边境人员对你上下打量半天，最后还要排着长长的队伍盖章。

颐和园里的十七拱桥

北京繁忙的街道

进入蒙古境内，风景没有太大变化，但却开始看到成群的蒙古包，这是游牧民们居住的传统圆形帐篷，点缀着沿途葱郁的山峦峡谷。来到乌兰巴托，你可能早就想下车活动活动腿脚了，还有许多乘客打算在那里住宿几天。城市本身倒没有什么特色，不过到周边草原游览一番倒是别有情趣，你能见到蒙古家庭，体验真正的蒙古生活——品尝到咸味酸奶酪和发酵的马奶。

重新登上火车，前方就是位于乌兰巴托南部的戈壁沙漠。最好擦亮眼睛，因为不久就会有骆驼和更多的蒙古包出现在眼前。在火车上度过的第六天晚上，火车来到中蒙边境上的鄂利安（Erlyan）。做好心理准备，在这里会有更多的表格要填写，更多的队伍要排，场面一片混乱，火车被吊起来换车轮——中国的铁轨与俄罗斯和蒙古境内的规格不同。

长达800公里的旅程在进入北京之前带你来到长城附近，让你一睹它的风采。跨蒙古铁路上的旅程真是不同寻常，向朋友们讲述这段经历定会令他们目瞪口呆。

旅途资讯 ▯------------------------------▯

尽管在莫斯科或北京都可以买到车票，但最好提前预订，尤其是头等车厢的票更难买到。事先阅读签证上的建议——你在蒙古可能只能办过境签证。进入中国境内肯定需要中国签证，并不在边境办理。欧洲和北美的许多家旅行社为你量身定做这场火车旅行，包括途中在主要城市住宿。如果你想途中省心，那么最好与其中一家旅行社联系。你需要带些食物，以防车上的食物不合口味。

北京紫禁城雄伟的宝塔

品味秋色

Driving through fall colours

新英格兰·美国

New England, USA

维尼匹索基湖的倒影

秋季来到新英格兰地区，不禁要惊叹于自然之母的惊人创造力，红色、黄色树叶在枝头颤动，谱出一曲色彩斑斓的歌。尽管在世界各地都可以看到秋色，但这里独特的气候、树种和地貌赋予了新英格兰以独特的秋色——在这一地区开车游览，定会令你心旷神怡。

开往白山

新英格兰的自然风光不断变换，所以完全无法预测哪一年的秋色最美，最重要的一点是这种不确定性也使得你的度假计划灵活机动。10月份是新英格兰最美的月份——它与加拿大交界，包括新罕布什尔州、佛蒙特州和缅因州——色彩的画布从北向南延伸。你可以有备而来，因为许多网站都对沿途最负盛名的景点有所介绍。

尚普兰湖的夕阳

　　每一个地区的色彩都会有所不同，如果你想看到最美的景色，有特定的路线可供选择。每天的秋色又会有所变化，山谷与山峰的景色也大有不同。海拔在色彩的形成上起到了至关重要的作用，高海拔地区的树叶变色的时间要早于山谷地区的树叶。所以首先要买一本好地图，了解最新情况，遵循色彩的变化也是饶有情趣的一件事，就像追寻龙卷风的踪迹一样。树叶的吸引力——喜欢观察树叶色彩变化的游客被当地人称为"叶之眼"——将会为你的新英格兰之旅带来无限乐趣。

从波士顿向西北方向行驶来到佛蒙特州，在这里能够看到新罕布什尔州雄伟的白山，再向南走就到了拉科尼亚附近风景秀丽的湖区。这里的景色美不胜收，康涅狄格（Connecticut）河缓缓流过。尽管州际高速公路一路畅通无阻，与其平行的老路却为游客提供了更多贴近大自然的机会。

12号高速公路沿着河一路向北，沿途经过新英格兰的许多木桥，来到黎巴嫩。从这里驶入4号高速公路，沿着盘山道一路爬坡，经过伍德斯托克到达拉特兰（Rutland）。绿山国家公园的金黄色山坡令人不禁驻足观赏——你唯一的麻烦就是附近的几家餐厅都很有特色，让你不知如何选择是好。

在霍尔德内斯附近的树林中漫步

白山的湍流

霍尔德内斯学校

炎热的夏日使得红叶颜色更加艳丽

从拉特兰继续向前行驶，翻越起伏的群山，来到位于纽约州边境上迷人的尚普兰湖。河岸边上零星有风景如画的度假山庄，在这里能看到夕阳余晖掠过奔流的河水。向西走，302高速公路带你穿过康涅狄格河，进入新罕布什尔州最迷人的景区：白山国家森林公园。1916米高的华盛顿峰直冲云霄，这座公园是品味秋色的最佳地点。可以沿着112号高速公路或坎卡马格斯（Kancamagus）高速公路，从兀士维（Woodsville）驶向另外一个伍德斯托克——许多村庄和小镇的名字被重复使用，这一点很是令人头痛。

如果你来得正是时候，这片树林将会是令人惊叹的美丽，远处屹立的高山，树林中红色、金色、铜色、黄色、绿色的树叶令人沉醉于其间。大多数的叶子因为气温下降叶绿素减少而改变颜色。然而，枫叶的艳红色彩却是由于气温的升高，光照使叶子内生成糖分而形成。夏季越炎热，秋季枫叶的颜色也就越鲜艳。

109高速公路旁边的树木

白山的枫树

斯夸姆湖的枫叶

斯夸姆湖畔的树林

　　弗拉姆峡（Flume Gorge）是白山里一处不容错过的景点，就在3号高速公路旁边，林肯北部。穿过丛林，经过一处奔腾的瀑布，来到一座迷人的红色桥梁，建于1886年，横跨帕米格瓦塞特（Pemigewasset）河，河水汇入狭窄的峡谷。还有许多条路线，徒步旅行，每一条都会展现不同的风景。回到车上，公园内的其他路线可以带你翻越位于凡孔尼亚（Franconia）和克劳弗德（Crawford）的山间小路，这两处都值得一见。

　　相比较而言，白山南部地区的风景更温和一些，湖光山色，美不胜收，其中包括宽阔的维尼匹索基（Winnipesaukee）湖。斯夸姆湖（Squam Lake）边的霍尔德内斯（Holderness）小镇，那里的小商贩出售的家制软糖令人直流口水，从这里出发去游览湖区风光再好不过了。沿着25号高速公路来到宁静的小渔村中心港，驶入109号公路，迷宫一样的交通网通向维尼匹索基湖东岸。这里的树叶大多呈现金色和铜色，在阳光照耀下，道路两旁充满温暖的色彩。从阿尔顿湾（Alton Bay）开车沿着西岸行驶，回到霍尔德内斯，从汽车旅店的窗户看一轮明月挂在天空，不仅再次为自然之母的神奇创造力而惊叹万分。

秋天多雨使得河水上涨

帕米格瓦塞特河上的木桥

旅途资讯 ┠- ┨

　　尽管许多家旅行社推出新英格兰观赏秋色游项目，但你还是不如从波士顿租一辆车来进行自助游。当地旅游部门会对游客选取路线提供参考意见。在10月旅游高峰期，这一地区小一些的城镇和村庄的住宿会被提前预订完，但是高速公路沿线主要城镇的住宿不算紧张。提供秋叶色彩变化信息的网站中最好的是www.foliagenetwork.com，志愿者们定期向此网站报告这一地区的情况。他们还会向游客建议最佳游览路线。

去往曼德勒途中

On the Road to Mandalay

伊洛瓦底江·缅甸

Ayeyarwady River, Myanmar

成千上万座奇丽的佛塔，强大的佛教文化氛围，古老的乡间景色，缅甸以其独特的风格吸引着来自世界各地的游客。卢迪亚·吉卜林的诗歌"曼德勒"令人对这片神秘的土地心驰神往，沿着伊洛瓦底江从蒲甘到曼德勒，沿途景色定会让你一饱眼福。

缅甸曾经是英帝国的殖民地，1948年独立，1962年之后在奈温的社会主义武装政权领导下与外界隔绝。几十年来对外来人员进行严格控制，最近一段时间才开始对国外游客开放。这个国家的文化宝藏和平和的气氛正如吉卜林第一次到那里游览时候所说的："真是世间少有"。最令人神往的缅甸瑰宝是那座位于首都仰光（这座城市名称的正式拼写方式是Rangoon）的规模宏大、金色尖顶的瑞德贡大金塔——是沿着河流向北行进时不容错过的一处景观。

蒲甘夕阳下的宝塔

如果瑞德贡大金塔因其规模宏大而得名，那么缅甸过去的首都蒲甘多达三千多座的宝塔群规模有过之而无不及，从仰光向北一个半小时的飞机就到了。蒲甘是从伊洛瓦底到曼德勒4天旅程的起点，坐落于河岸平原，不管你从哪个方向看这座城市，其规模宏大、高耸入云的宝塔尖顶都令人赞叹。这座城市在11世纪一个强大的缅甸王朝统治下成为首都，在之后的200多年里不断发展繁荣；在其鼎盛时期宝塔数量多达4万座。其中大多数宝塔现在都已经成为废墟，但是游客们仍然有许多景点可供选择——当你游览800多年前修建的红砖宝塔遗址时一定会感到时光倒转。最明显的观光点是阿难陀寺的金色佛像和刻在古雅克依寺庙（Gubyaukgyi Temple）墙壁上模糊不清的古老文字。

蒲甘的阿难陀寺

清晨乘坐热气球　　　乘坐热气球旅行是欣赏蒲甘寺庙的最佳方式

　　蒲甘还以其风格独特的手工艺品而闻名，是缅甸最著名的漆器制造中心。你可以花一整天的时间在良宇市场（Nyaung-Oo）购物，但是这座城市真正的美是在夕阳西下时分。夕阳余晖挥洒在宝塔上，如果你爬上一座宝塔，景色会异常的绮丽。牛车在水田里耕作，人们骑着自行车，身穿袈裟的和尚走回寺庙，一片静穆；令人无法相信现代社会还会有这样的生活方式。

　　令人感到庆幸的是，登上通往曼德勒号（Road to Mandalay）船，你将会看到现代社会先进的一面。这艘船为你提供奢华的住宿条件和珍馐佳肴，向伊洛瓦底航行的过程中你可以躺在甲板上放松身心，欣赏两岸古老的生活状态。这条河是缅甸的灵魂，道路状况很糟，所以河运还是人们日常生活中至关重要的交通枢纽。河上船来船往，交通繁忙，不过河道很宽阔，所以并不拥挤。行船速度很快，夜幕降临，墨蓝色的天空闪烁着星星，船在水中滑动。

蒲甘的黄昏和伊洛瓦底江

　　第三天，船停靠在瑞凯伊也特（Shwe Kyet Yet）小镇，是通往曼德勒号的主要停泊港口，距离曼德勒只有15分钟的车程。选择这一地点停船靠岸是为了躲开大城市的喧嚣，这里的竹林非常清幽，是漫步的好去处。清晨僧侣们向当地村民化缘，村里的小女孩们跳皮筋，男人们修理自行车，女人们在土炉上做饭，一片繁忙景象。

瑞凯伊也特的修行僧

蒲甘漆器店里的竹雕　　蒲甘良宇的市场

曼德勒扎压·塞影（Zayar Theingi）的尼姑庵

曼德勒瑞南道寺寺庙的门前石刻　　蒲甘的尼姑化缘

蒲甘的漆器店　　蒲甘的石雕佛像

东塔曼湖划船

　　在曼德勒古老的木质寺庙随处可见，比如雕梁画栋的瑞南道寺寺庙，位于巨大的寺庙建筑群之中，其中最著名的是为了纪念马哈牟尼而建的寺庙。进入寺庙里面，善男信女们用金叶子覆盖他的雕像。这些金叶子是附近的工厂制造的，参观这些厂房时你会惊讶地发现原来将金子制成如此薄的薄片需要经历千锤百炼。夕阳西下，向东塔曼湖（Taungthaman Lake）上的长长的木制柚木桥走去。和尚、尼姑、渔民、骑自行车的行人熙熙攘攘的过桥，好像夕阳下的剪影。

东塔曼湖柚木桥上的和尚

瑞凯伊也特的和尚化缘

尼姑祈祷

　　乘渡船逆流而上，来到壮丽的明宫宝塔，于1790年破土动工迄今为止尚未竣工，这座宝塔是为了陈列佛祖的一颗牙齿而修建。这座宝塔的底座远比这一地区的其他宝塔要大，竣工后应该是其他宝塔高度的3倍。台阶陡峭，但是爬到宝塔顶部向下俯瞰，风景非常秀丽迷人。明宫宝塔还有世界上最大的钟——原来最大的钟在俄罗斯，但是已经无法使用。

　　登上实皆山，向缅甸挥手道别，这里将曼德勒和瑞凯伊也特的美景尽收眼底。两边寺庙林立，一直延伸到地平线，在此地游览不难体会到卢迪亚·吉卜林当年的创作热情，脑海中回响着他的诗句"回到曼德勒……"

旅途资讯

从蒲甘到曼德勒需要坐4天的船，返程需要3天。8月份去北部城市八莫的旅程需要12天时间。船只为东方快车集团所有，所以提供的食物、服务和住宿条件都是最高级别的。你可以从曼谷或新加坡乘坐飞机飞往仰光，从仰光有飞往蒲甘和曼德勒的飞机。曼德勒机场是新建的，仰光现在也正在修建一个新的国际机场。仰光的总督府地酒店为你提供豪华住宿条件。在这里旅行，美元是最好的货币，即使是在仰光信用卡的使用范围也非常有限。

通往曼德勒号

实皆山的佛像

乌尤尼盐湖

Driving the Uyuni Salt Flat

高原平台·玻利维亚

Altiplano, Bolivia

玻利维亚高原平台（Altiplano）沙漠西南部乌尤尼附近的盐湖可以称得上是地球上最为荒凉而又与世隔绝的地方。地表很少有路可以通行，所以在世界上面积最大的盐碱地旅游需要一辆四轮车和一种冒险精神。你会有意外的收获，萨哈马（Sajama）国家公园的火山、原始的艾马拉印第安村落都会令你大开眼界，开车在一望无际的盐湖上奔驰，也同样会让人有一种无比畅快的感觉。

萨哈马火山海拔6549米，是玻利维亚最高峰

开车进入萨哈马国家公园

　　玻利维亚之旅的起点是拉巴斯省，这里海拔3600米，是世界上海拔最高的首都。到那不多久你就会有高原反应——下了飞机之后会感到呼吸沉重——需要在这里呆上一两天以习惯一下这里的环境。海拔在6000米以上的安第斯峰环抱着拉巴斯省，峰顶常年积雪，但是拉巴斯省这座城市却热闹非凡，集市、文化艺术、宗教节日活动令你目不暇接。传说这里每天都有3场宗教庆典活动。

　　去乌尤尼盐湖有3条路线，其中最理想的一条是途经萨哈马国家公园这座观光胜地，它位于拉巴斯省西南部的智利边境处。尽管有一条柏油马路直通公园入口，开车也要用四五个小时。沿途偶尔会出现几处小村落，古老的印第安墓碑映入眼帘，途中感受到的是玻利瓦尔的广袤以及令人敬畏的荒凉。这里的土地正等着游人们去探索。

萨哈马公园的骆马

印第安女人赶着驴子到萨哈马村

　　国家公园以玻利瓦尔的最高峰——高达6549米的萨哈马火山而得名，因为这里荒无人烟，所以很远就可以在地平线上望见高耸的山峰。峰顶是厚厚的冰川，黑色的峭壁直插入高原平台沙漠。喜欢登高的游客可以在导游的带领下攀登这座高山，花几天时间就可以攀登上顶峰。对于坚毅的艾马拉和盖楚瓦（Quechua）印第安人来说萨哈马是一座神圣的山，代表摩若塔（Muruata）的头颅，他因为过于狂妄被韦拉库撒神（Wiracocha）斩首。

　　位于火山下的萨哈马村的泥瓦房刷成了限量的绿色、白色和黄色，为这片荒凉的沙漠增添了色彩。从这个村子出发开车来到附近的地热谷地，那里的地热资源丰富。池塘和小溪中冒着蒸汽，看上去像布满硝烟的战场；这里唯一会对人造成危害的是硫磺蒸气。如果你幸运的话，会看到一轮明月升起在萨哈马的天空，向人间洒下一片银光。

开车到下一座村庄——萨比亚（Sabaya），需要早起，沿着智利边境一条不太有人走的路行驶。道路难行，但是沿途见到的野生动物会冲淡旅途的疲劳。一小队小心翼翼的骆马走在平原上。在20世纪70年代这些骆驼家族的珍稀物种因其毛皮的珍贵而被大量扑杀，直至濒临灭绝。现在它们的数量有回升的趋势，多亏了安第斯的自然保护措施。

从萨比亚出来，只有几公里的路程就到了高坡萨盐湖（Salar de Coipasa），仅次于乌尤尼的第二大盐湖，岸边有许多小岛。棕色土壤和绿色植被消失不见了，取而代之的是白花花的盐，令人炫目。前方一片荒芜，只有群山峻岭——绝对不是患有恐旷症的人可以来的地方。汽车轮胎在盐粒儿上碾过，留下深深的轮胎痕迹。高坡萨的地表远不如乌尤尼的稳定，所以不要离开主干道。在一望无际的盐湖平原上全速前进真的是非常畅快，最终来到了利卡（Llica），乌尤尼盐湖的西北部边界。利卡人口近几年内快速增长，一定程度上是由于智利边境上的非法贸易。这里也是除乌尤尼以外可以住宿的地点。

开车去高坡萨盐湖

乌尤尼盐湖的广袤景色

　　第二天早上，从盐湖混乱的安检口出来，可以踏上那片更为广阔的白色土地了。乌尤尼盐湖是一处巨大的史前湖泊闵池（Minchin），干涸以后会吸出厚厚的一层盐碱，面积达一万两千平方公里，直径长达130公里。在湖心附近可以达到完美的平面，真正的寂静无声。你偶尔会遇到长有仙人掌的小岛，就像太空舱一样发亮。站在这些小岛上向下望，看到的景色简直令人不敢相信。

乌尤尼盐湖的岩石上生长的仙人掌

夕阳下漫步在乌尤尼盐湖

旅途资讯

　　乌尤尼的许多家旅行社提供标准的盐湖三到四日游，但是旅行过程中时间太紧张。可以尝试一下拉巴斯省的旅行社，比如安第斯尖峰，可以为你量身定做盐湖旅行，有更多的时间和自由游览像萨哈马国家公园这样的沿途景点。要想更全面地游览这一地区需要至少一周时间。另外还有通往智利的单程游。你可以从拉巴斯省或南部地区的其他主要城市乘公交车或乘公交车先到奥鲁罗，再从那里坐火车到达乌尤尼。注意因为公路较少所以在乌尤尼地区行驶速度会很慢，住宿条件非常有限。

奥鲁罗附近泡泡泊湖（Poopó）的日落

197

东方快车

The Eastern & Oriental Express

新加坡到曼谷

Singapore to Bangkok

东方快车向北穿越马来西亚、泰国的热带雨林、稻田遗迹和新加坡的悬崖峭壁，它将带你回到浪漫的豪华列车旅行时代。

从新加坡出发，踏上长达2030公里的轨道，3天时间内，火车将带你通过马拉西亚西部低地，到达首都吉隆坡，随即驶过泰国边界。在曼谷附近，驶上著名的桂河大桥，二战期间的战火硝烟仿佛历历在目。

　　新加坡城市非常漂亮，摩天大楼林立，是世界上主要的港口城市，中国、马来西亚以及印度文化对这里形成了深远的影响，是亚洲文明的集大成者。坐火车旅行之前可以在这里呆一两天。来到芨巴路（Keppel Road）火车站，东方快车之旅从这里启程。服务员会帮你把行李运上车，然后乘务员热情周到地带你来到车厢，送上一杯鸡尾酒。车厢内，黄檀木家具和华丽的灯具令你感到舒适温馨，在空调恒温的车厢内观赏窗外的景色真是非常惬意。

　　但是，如果不到露天观景车厢里坐一坐真是一大憾事。新加坡的高楼大厦逐渐在视线中消失，取而代之的是热带雨林深绿色的阔叶植物。火车铁轨几乎都是单线的，两旁的植物有时候会扫到行驶的列车。傍晚在马来西亚的首都停车，你可以见识一下那里88层高的双子塔，高达452米，是世界上最高的双塔。

进入吉隆坡火车站之后的晚餐

　　回到车上正好赶上第一道佳肴——如此美味的食物，就连意志坚定的减肥者也会动摇。这些美食大多是当地的特产，在观赏窗外亚洲风光的同时还可以品尝亚洲的美味真是一大幸事。在豪华的餐车内，穿着华丽的服装，能令人回想起铁路旅行的黄金时代。当然，如果酒吧车厢内少了钢琴师的演奏自然不能称其为奢华，所以随着东方快车在夜色中平稳地向前行驶，你可以在爵士乐和现代古典音乐的伴奏中翩翩起舞。

离开芨巴路——通过车窗向外看到的景色

　　火车时速惊人，第二天早上起床，就会发现自己已经身在一处迷人的湖泊上方，清晨的阳光洒在湖水上。一望无际的稻田在阳光下充满了生机与活力，稻田里忙着耕种的农人赶着水牛忙着插秧。许多骑自行车和摩托车的行人在路边等着通过，冲你微笑致意。这是他们日常生活的真实写照。

沿途迷人的泰国风光

　　火车向西行驶来到安达曼海边的巴特沃思（Butterworth），接着向盆南岛方向，殖民地时期的首都槟城（George Town）行驶。槟城曾经是东印度公司所有的一处定居点，现在是热闹的商业小镇，坐渡船15分钟即可到达。坐着脚踏三轮车游览这里是最好的方式，司机会兴奋得向游客介绍沿途的景点。

　　回到火车上，途经高耸陡峭的岩石群岛，来到了泰国边境。太阳落山了，坐在观光车厢内看着金黄色的阳光滑落下去，两旁郁郁葱葱的植被披上了一层金色的光。泰国边境通关手续非常简单，躺在车厢内感受东方快车继续全速行驶，向北边的北壁府前进，那是通往桂河大桥的节点。

　　这座桥是1942年日本人驱使战犯在臭名昭著的缅泰铁路线上修建的一座多层大桥。由于炎热的天气、饥饿和疾病，上万名战犯和当地老百姓在修建这座铁路线时丧生。同盟国多次企图炸掉这座大桥，直到1944年才成功。皮埃尔·鲍李的小说《桂河大桥》就以这座桥为主线，并且因大卫·里恩的同名电影而闻名于世。缅泰铁路中心这座博物馆就在宝林场（Ban Lin Chang）附近，向人们讲述修建这条铁路的血泪史，不容错过。

　　离开桂河不久，火车驶进了曼谷郊区，铁路两旁建有住宅。晚上火车进入城市中心的火车站，曼谷是灯火辉煌的不夜城，在这里是结束这场东南亚旅行的最好方式。

泰国境内的铁轨旁骑自行车的人

□- -□

　　东方快车由东方快车公司经营管理，在新加坡和曼谷之间行驶，也到泰国北部的清迈。到曼谷的火车历时58小时——在火车上睡两个晚上——但是长短还取决于铁路上的交通状况以及天气情况。火车还可以从曼谷发车，从曼谷向新加坡行驶。标准的国内班次也提供这条线路上的火车，但是远没有东方快车的豪华舒适。飞往新加坡的航班有二十多次。

铁路两旁的稻田

拉鲁特玛雅

La Ruta Maya

墨西哥到洪都拉斯

From Mexico Honduras

洪都拉斯的科潘被称为玛雅世界的巴黎

　　中美洲玛雅文明有着绮丽的文化和神秘的历史，拉鲁特玛雅（La Ruta Maya）将带你游览奇幻的废墟，丛林中屹立着古老的玛雅金字塔，旁边就是世界上最美丽的湖泊之一，附近的村落仍然有玛雅文明的遗迹。

科潘的清晨

　　玛雅文明可以追溯到1500年以前，这场追寻玛雅文明之旅将跨越四个国家：墨西哥、危地马拉、伯利兹和洪都拉斯。而拉鲁特玛雅为了方便游客接近玛雅文明，并没有固定的线路，所以没有绝对的地图可循。你可以从旱路（一部分走水路）出发，少则几天，多则几周。其中有些地方不容错过，包括帕伦克废墟、蒂卡尔（Tikal）和科潘（Copán），还有圣克里斯托佛这座殖民地小镇和玛雅村落，它们都位于壮丽的亚提特兰湖岸边。

圣地亚哥亚提特兰的姑娘们

　　玛雅文明在公元400年左右占统治地位，大约几百年后达到巅峰，然后在千年到来之际遭到了毁灭性的衰亡，衰亡的原因至今未明。在其发展到巅峰时成为地球上最先进的文明，玛雅人采用精确的天文观测方法，制定了复杂的年历：历法循环（Calendar Round），包括一年365天的规定。玛雅人建造的城市里有宏伟的神庙，与距离遥远的其他国家进行通商，其中有可能包括中国。他们并非在热带雨林的天堂中无忧无虑地生活。他们用活人祭祀天神，敌对的城邦之间战火杀戮不断，随着文明的发展这种血腥的屠杀逐渐升级。

玛雅热闹的集市

恰帕斯·萨帕塔民族解放军的首领马科斯司令员的雕像

　　因为没有明确的鲁特玛雅定义，所以可以从任何一个地方开始这段旅程，墨西哥南部的帕伦克再好不过了。在恰帕斯山脚下，茂密的雨林边缘，这是所有玛雅城市中最美的一个。优雅的皇宫尖塔是这里的标志性建筑，周围神庙屋顶的雕刻展现出玛雅文明发达的建筑艺术。走进碑铭神庙，看到帕卡尔大君的墓穴，他是帕伦克最具传奇色彩的领袖。石棺上雕刻的墓志铭讲述着他一生的经历。

　　来到这一地区不去圣克里斯托佛看一看会成为一大遗憾。这里仍然是一个玛雅部族的中心，集市上的手工艺品琳琅满目，女人们穿着传统的服饰。不妨到周围的村落走一走，体验一下玛雅生活方式。尤其是查姆拉（Chamula）这座小村庄里古老的白色教堂和彩虹一般的门廊，玛雅的巫医现在住在里面。

最为强大的几个城市位于现在的危地马拉北部，从墨西哥途经尤卡坦半岛（Yucatan Peninsula）和伯利兹就可以到达，其中有鲁特玛雅的瑰宝：蒂卡尔。位于茂密的热带雨林之中，猴子们在树上玩耍，巨嘴鸟在空中飞翔，蒂卡尔是玛雅世界的纽约。亚哥波大帝（Great Jaguar Paw）和科尔斯努特（Curl Snout）曾经统治过这座城市，使其成为权力中心。游览这片奇妙的土地，可以观看雨林的日落，6座中心金字塔在太阳余晖照耀下更加神秘。这些建筑之中最雄伟的是四号神庙，高达70米直冲云霄，攀登陡峭的台阶，来到顶端，令人气喘吁吁。

坐长途汽车或短途飞机向南来到危地马拉高地，从这里出发可以到亚提特兰湖。周围环抱着火山，许多传统的玛雅村庄坐落于其中，作家阿道司·赫胥黎称此为"世界上最美丽的湖泊"。很少有人会对此表示异议。坐渡船来到附近的村子里，每个村庄都有不同的传统服饰，色彩绚烂。

危地马拉奇其卡斯德南哥的集市

圣克里斯托佛的早报　　巴纳哈契（Panajachel）的玛雅灵魂面具

　　拉鲁特玛雅的终点是位于洪都拉斯北部的科潘城市废墟。如果说蒂卡尔是玛雅世界里的纽约，那么科潘就是玛雅世界里的巴黎。它坐落在河岸上，有着典雅的寺庙和最精美的玛雅立石像。也许玛雅文明已经神秘地消亡了，但是现代的玛雅以及古老的城市废墟仍然以其强大的魅力吸引着来自世界各地的游客。

刺绣头巾　　　在奇其卡斯德南哥祈祷

　　许多家旅行社推出拉鲁特玛雅游，其中包括以考古为侧重点的旅行。尽管可以沿着公路进行自助游，但是比较费时，而且旅程也比较漫长。一般来说，主要景点附近都有住宿地点。在为期7—10天的旅行中可以游览四处主要景点：帕伦克、蒂卡尔、亚提特兰湖和科潘。

查姆拉的玛雅教堂

朝圣古道

Camino de Santiago

圣地亚哥康波史泰拉·西班牙

Santiago de Compostela, Spain

伯格斯大教堂是哥特式建筑艺术中的瑰宝

伯格斯的徒步远足者

　　做好准备，沿着圣詹姆士（St James）的足迹进行一场终生难忘的远足，走过迷人的自然风光、历史悠久的城市以及西班牙北部的小山村，可以来到圣地亚哥康波史泰拉。

　　　法国朝圣古道（Camino Francés）是开始这一远足最著名的路线，从法国比利牛斯的圣尚皮耶德波（Saint-Jean-Pied-de-Port）出发，长达800公里的路程，徒步需要5周时间。但是，许多人选择较短一点的路线，可以从里昂到圣地亚哥，在10天之内就能走完。不管你选择多长的路程，你都会感受到步行者们之间那种志同道合的情谊，形式可能多种多样，大家一起聊天、热情分享美食或者帮你给磨起了泡的脚敷药。

213

奥塞布勒诺看到的山脉

奥塞布勒诺朝圣者的纪念碑

从圣尚皮耶德波出发的一个吸引人的地方是可以经过罗兰度山口（Rolando's Pass）翻越比利牛斯山。从这里开始你的旅程着实具有挑战性，即使是对身强体壮的登山爱好者来说也同样不易。这里的风景瑰丽，一望无际的草地，零星点缀着几座红白相间的巴斯克房子，比利牛斯峰高耸入云，无比雄伟。在峰顶有一处石头纪念碑和古老的木制十字架，下山路穿过郁郁葱葱的树林，来到西班牙的龙塞斯瓦列斯（Roncesvalles）。

攀登比利牛斯过程很艰难

　　潘普洛纳以其每年一度的奔牛节而闻名于世，街道通向拉里奥哈省——西班牙主要的酿酒基地。晚上来一杯美酒，全身的疲惫与酸痛也就一扫而光了。当你来到洛格罗尼奥的时候，踩在鹅卵石铺的地面上，到专门为步行游客开设的旅店住宿。在这座小镇的西边，现代化的道路在一定程度上破坏了风景如画的自然风光，途经13世纪的圣园奥特格（San Juan de Ortega）教堂来到伯格斯（Burgos）这座可爱的城市，从这里出发向前走，是一条更为安静的步行道。

　　伯格斯因其惊人的哥特式教堂和河边公园闻名，在这里到处走走逛逛大约要花一整天的时间。道路沿着古老的乡村小道和人走出来的山路向前延伸，就在这里，一种自由自在的畅快感令你心旷神怡。在这里尽情享受吧，因为过一会儿要穿过里昂的平原，对你的情绪是一个挑战。道路易行，邀几个谈得来的伙伴同行更有乐趣。

许多人沿着圣詹姆士的足迹进行这场徒步远足旅行是为了改变平日生活的单调乏味，有些人则是为了开始一种新的生活方式，而对于另一些人来说，只不过是想从繁忙的生活中抽身，回归最简单自然的状态——吃饭、睡觉和行走。不管你开始这场徒步远足的初衷是什么，圣地亚哥这个遥远的终点会萦绕在你的心间，但是随着旅程的展开，这一最终目的仿佛不再那么重要了。

　　沿途有许多地方值得停下来看一看，但是没有比里昂这座城市更吸引人的了，它是10世纪里昂帝国的首都。建筑艺术迷们也许还想在阿斯托嘉（Astorga）停下来，见识一下高迪设计建造的主教宫殿。在晚春时节坎塔布里亚山脉的群山峻岭被紫色的帚石楠覆盖，从阿斯托嘉出发经会见识古老的村庄，如阿尔甘索（El Ganso）和拉班纳拉朝圣古道（Rabanal del Camino）。

大多数徒步远足者从法国的圣尚皮耶德波出发

欢迎徒步远足者的牌子

攀登奥塞布勒诺（O Cebreiro）是旅途中最后的一处体力挑战，这座小山村有一系列石头房子作为接待过往游客的旅店，还有许多酒吧和商店，圆锥形的屋顶非常独特。从这里看到的圣詹姆士的纪念碑鼓舞着徒步旅行者们继续前进，来到西班牙西北角上的加利西亚。

加利西亚是西班牙不太出名的地区。地广人稀，到处是小河湖泊，漫步在大自然的怀抱中，远离现代社会的喧嚣。参观圣地亚哥康波史泰拉和它绮丽的大教堂，即使是被大雨淋湿也远远不会影响游客的激动心情。攀登大教堂的石阶是一场令人肃然起敬的体验。钟声响起，朝圣者的弥撒开始了，圣詹姆士的金色雕像望着疲惫的旅人。尽管途中历经千难万险，但每一位朝圣者的生活必定会发生改变。

位于维拉佛兰卡芒德奥卡的娥美塔德拉斡让（Ermita de la Virgen）

圣地亚哥康波史泰拉大教堂的光辉回廊

帕拉多饭店和大教堂相互交叉

旅途资讯

　　许多地图和书籍都详细介绍过朝圣古道，其中最出色的是《圣地亚哥徒步远足者指南》（The Road to Santiago Pilgrims Guide），西班牙旅游局有售。不同年龄段不同身体状况的游客都可以进行这场徒步远足，但是最好事先做好训练准备。通往圣地亚哥康波史泰拉有许多官方路线，如诺特朝圣古道（Camino del Norte），穿过西班牙北部海岸，是最受欢迎的线路。

走进撒哈拉 Into the Sahara

德拉山谷·摩洛哥 Drâa Valley, Morocco

一想到撒哈拉沙漠，脑海中就会出现牵着骆驼的游牧民走在一望无际的金色沙丘上。现在去撒哈拉沙漠旅行远比以往要容易，但是其神秘的魅力犹存。最简单的方法就是越过阿特拉斯山脉进入摩洛哥的德拉（Drâa）山谷，开车需要4—5天时间。

如果撒哈拉沙漠的黄沙在地球上肆虐，那么人类的生存就会受到严重的威胁，在这种极为干旱的条件下一丁点水就可以孕育勃勃的生命力。德拉河从阿特拉斯的雪顶发源，向东注入这片沙漠，沿途孕育了郁郁葱葱的植被。这条河曾经最终注入大西洋，但是现在这条河的水流被撒哈拉的沙漠吸收殆尽。

开车经过阿特拉斯山脉

在枣椰树丛中，古老的撒哈拉居民修建了军事堡垒古苏尔（ksour）和土筑房子卡斯巴（kasbahs）。古苏尔用来捍卫整个部落安全，而卡斯巴则属于家庭安全措施——这两种建筑物都是由干燥的泥土修建的。几个世纪以来许多已经被摧毁，但是它们被风蚀的墙壁更增加了它们的魅力。

摩洛哥南部城市马拉喀什，以其露天市场和热闹的中心广场而闻名——迦玛·艾尔法纳广场（Jemaa El Fna）——广场里面有许多艺人卖艺，正是你旅行的最佳起点。阿特拉斯山就屹立在城市边缘，通向这座山和德拉山谷的路有196公里长，开车需要4个小时。道路表面非常平坦但不断有陡坡出现，有时路上的行人和牲畜会比较混乱。积雪的山脉看上去雄伟壮丽——是北非最高的——盘山路一直沿着蒂恩·蒂克卡（Tizi n'Tichka）上升，海拔2260米，是阿特拉斯最高的山路。

如果你有时间的话可以选择其他路线游览这座山，第一种选择就是经过泰罗艾特（Telouet）。在狭窄的公路上行驶20公里——一路颠簸——沿途仿佛亲历了一部地质历史。当你来到一处山谷的时候，两旁的岩石色彩斑斓，有粉红色、红色、绿色和黑色。泰罗艾特本身就是一个卡斯巴遗迹，由臭名昭著的葛老依（Glaoui）家族修建，他们从19世纪到20世纪中叶一直统治着马拉喀什和周边地区。

德拉河为这个山谷带来生机活力

摩洛哥高速公路

从马拉喀什到瓦尔扎扎特的阿特拉斯路

　　回到主路，道路开始变得崎岖不平，一路下山，来到岩石平原。在到达瓦尔扎扎特之前，一条向北方向的公路通往颇具魅力的艾本哈陶山村。这个小山村是坐落在金黄色的岩石上的一个小岛，周边是枣椰树，威迪麦勒（Wadi Melah）河流经这里，许多电影就在这里拍摄，其中包括《角斗士》和《阿拉伯的劳伦斯》。

艾本哈陶的卡斯巴是很受欢迎的电影拍摄地点

阿特拉斯山雪顶之下的艾本哈陶绿洲

瓦尔札札特是通往德拉和德兹山谷的一处主要的岔路口，这里也是理想的住宿地点。从这里开车去扎古拉，穿过蒂恩·蒂尼弗特（Tizi n'Tinififft）的岩石山脉，你将会发现德拉河水带给沙漠的巨大变化，枣椰树繁茂的绿叶给这片荒芜的土地带来了生机与活力。沿途会遇到许多卡斯巴思，搞得你无所适从。过了阿哥兹（Agdz）这座商业小镇，古苏尔的防御城墙开始出现在眼前，城堡和村落林立。尽管城堡年久失修，但是如果你想进院子里去看一看，可以通过一个厚重的木门。在附近的山村里可以见到身穿大袍子的男人骑着毛驴，仿佛回到了16世纪，迷宫一样的街道令人头晕目眩。

从瓦尔札札特到扎古拉的路

如果你有足够的时间可以从坦斯克特（Tansikht）向西北部的诺伯（Nkob）行进，大约30公里的路程。沿途是吉布·萨豪（Djebel Sarho）火山黑色的岩石——在冬季的几个月里吸引着许多攀岩爱好者，那时候阿特拉斯被雪覆盖。一路上会经过许多独立的卡斯巴思。

被枣椰树环绕的扎古拉位于跨越撒哈拉沙漠的主要驼道的西部，这条道路通向马里共和国的商业中心廷巴克图（法语拼写为Timbouctou）。但是由于摩洛哥和阿尔及利亚的边界刚刚禁止通行，所以这段路也就走不了了。你可以在扎古拉住宿，因为再往南走旅店就少之又少了。

莫哈米德的清真寺

扎古拉附近的德拉山谷

在沙漠中行车　　莫哈米德古老的古苏尔

莫哈米德附近的驼队

夕阳下的艾格扎格戈（Erg Chagaga）沙丘

扎古拉附近的卡斯巴

汀弗沙丘上的骆驼

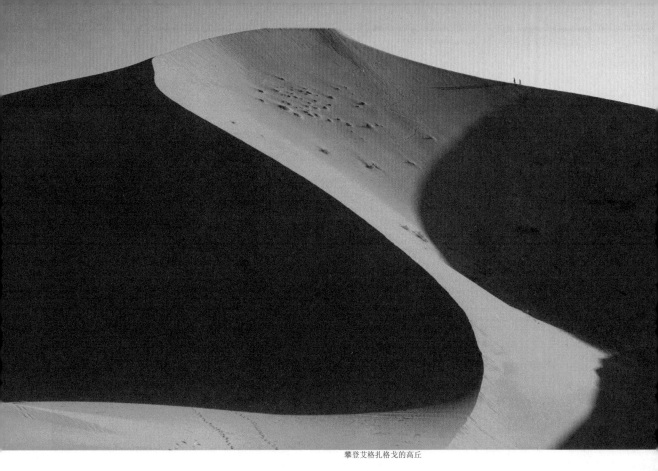

攀登艾格扎格戈的高丘

艾格扎格戈丘的纹理　　汀弗沙丘的骆驼骑手

在距离扎古拉30公里外的汀弗（Tinfou），就开始看到各种形状的沙丘了。汀弗的柏柏尔（Berber）部落族人穿着传统的蓝色袍子，可以为游客提供乘坐骆驼在附近短途旅行，这里还有一处由卡斯巴改建的旅店。但是，这里的撒哈拉并不是真正的我们梦中的沙漠。距离真正的撒哈拉大沙漠还有60公里的路程，到那里可以开车或骑骆驼，那里有着一望无际的金色沙丘。在沙丘上搭帐篷露营，看到野生骆驼，听到沙漠中的寂静之声，看沙漠中的日落，你将终生难忘撒哈拉。

艾格扎格戈沙丘的日出

艾格扎格戈营地的星空

旅途资讯 ┌--┐

在马拉喀什机场可以找到许多国际租车行的办事处。尽量在天黑之前到达目的地，自行车、驴车、汽车造成交通鱼龙混杂，所以天黑之后行车容易出事故。一路上有加油站，尤其是在瓦尔札札特和扎古拉这样的主要城镇，但是最好早做准备。离开扎古拉，向南行驶，一路上加油站数量非常有限，所以离开之前一定要加满油。在莫哈米德（M'Hamid），撒哈拉旅行社很有信誉，为游客提供四轮机动车上或骆驼背上游撒哈拉沙漠的旅游项目。如果你不想开车，那么旅行社同样还提供在马拉喀什和卡萨布兰卡之间一切全包的三到五日游。

艾格扎格戈沙丘的落日

夏克顿之旅

Shackleton's voyage

南极洲 Antarctica

白色的世界，4000米厚的冰原，地球上最后一块处女地，冬季3个月暗无天日的极夜，夏季3个月的极昼，暴风雪肆虐，一片寂静。所有这些都是形容南极洲的，因此南极洲探险成了所有冒险家的最终幻想。

这一地区有许多名称，比如南极、南极圈、南极洲和南极半岛。严格意义上讲这些名称所指代的是不同的地理分类，但是任何一个名字说出来大家都知道指的是地球上最南端的那片冰雪覆盖的荒原。尽管从许多国家都可以到达南极洲，但最受欢迎的一处港口是乌斯怀亚——世界上最南端的城市，在阿根廷巴塔哥尼亚最边缘。

索尔斯堡平原的企鹅领地，南乔治亚

探索二号在库佛威尔岛停船靠岸

驶向索尔斯堡平原

　　现在有越来越多的船只航行到南极洲，你可以选择往返航行，也可以更深入探索南极洲，向东到达福克兰群岛，从那里到南乔治亚，然后向西南方向航行最终到达南极半岛。如果遵循后一条航线，大约3400海里路程，天气状况好的话历时两周。那里的海是地球上风浪最大的，即使天气晴朗，一路上也会不断颠簸。

　　离开乌斯怀亚后，探索二号航船穿过毕哥水道，被巴塔哥尼亚和一系列群岛包围，进入德雷克海峡——这里的海面风高浪大，是全程最艰难的一段航行。海上航行一天半之后，你在福克兰群岛的斯坦利港停船。那里有色彩艳丽的房屋、著名的耶稣大教堂、鲸鱼骨做的拱门。1982年福克兰群岛成为世界瞩目的焦点，英国和阿根廷为了争夺其归属权发动了战争，这里的许多战场留下了当年战争的痕迹。乘坐四轮机动车到山地游览，你还可以看到企鹅。

金港早上站岗的帝企鹅

金港的沙滩非常拥挤

　　晚上航船起锚驶向南乔治亚，跨越斯科舍海，需要两天时间才能到达。尽管没有德雷克海峡那么臭名昭著，这里的水域也同样风高浪大，大多数乘客会感到颠簸摇晃。当大海平静下来的时候，可以站在甲板上观看无数的海鸟在天空中自由地飞翔，其中包括信天翁，它们一直追随着航船。当你第一次看到冰山的时候身体里的血液随之沸腾了起来——这种兴奋程度只有看到第一只鲸鱼时可以相提并论。如果你能4点钟起床，而且碧空万里无云的话，你也许能看到日出的绚丽景观。

帝企鹅在睡觉

索尔斯堡平原上的帝企鹅

皮毛海豹在捍卫领土方面非常好斗

威德海豹在打架

　　在踏上旅途之前，大多数人会认为南极洲是旅途的高潮部分，但是南乔治亚却最终成为了大家心中最喜爱的地方。这里是地球上最魔幻的地方，与世隔绝，却生存着惊人的野生动物。两天之中，船只进入好几个海湾，最后带你来到历史悠久的格雷特维（Grytviken）根基地。格雷特维根从1904年到60年代中期是捕鲸基地，也是欧内斯特·夏克顿爵士最后的归宿。英国皇家海军"坚忍"号在南部撞上冰山沉没之后，他和手下5名水手划着救生船来到距离1300公里以外的南乔治亚。

在金港的沙滩上，海豹一天中大多数时候都躺着休息

迪葛斯・弗吉德 (Drygalski Fjord) 的冰川

鲸鱼海湾的地热温泉

好奇的帝企鹅宝贝

毕哥水道的信天翁

金港的日出

大象岛的王尔德点

在美丽的金港，波特哈勃（Bertrab）冰川泛着蓝色的冷光，海滩上有数千只帝企鹅和它们刚刚诞生的棕色小宝宝，还有许多种海豹，其中包括凶悍的海象和皮毛海豹。从黄道登岸，仿佛进入了自己的野生动物纪录片，尤其是人称海滩怪物的雄性海象决定驱赶其他雄性竞争对手的时候，激烈的角逐展开了。下午，船只经过贺艾内（Heaney）冰川，绕着黄道航行，沿岸是高耸的峭壁。

杰拉许海峡的午后阳光

格雷特维根港口的黄昏

继续向前航行两天，来到大象岛，在野点（Point Wild）停船。这是一处风力强劲的岬角，被高耸的岩石岛屿包围。夏克顿去世后富兰克·王尔德领导沉船中幸存的船员在这里支起帐篷，苦苦支撑了4个月之久，居然全部生存了下来，这里也因他的名字而得名，这一壮举真的令人不可思议，尤其是站在这里亲身体验到环境的艰苦后。

航船通过狭窄的奈普顿·比劳斯（Neptune's Bellows）后就到达了诡计岛（Deception Island）。在海克特（Hektor）捕鲸基地旧址，地热温泉就在火山岩形成的沙滩上，形成了一系列冒着蒸汽的热水池塘，游客们可以在里面游泳。

探索号第二天再次起航，进入美丽的杰拉许海峡，向库佛威尔（Cuverville）岛进发，那里有成千上万只巴布亚企鹅，然后进入位于南极半岛的纳克港（Neko Harbour）。下了船登上这片土地的那一刻真的是值得纪念的一刻。在这片惊人的冰封海湾上，平静的水面映照出巨大的冰蓝色冰川，真是地球上最令人惊叹的景观。之后的两天航行从德雷克海峡送你回到乌斯怀亚——你定然会对那片冰雪世界恋恋不舍。

南乔治亚的日出

旅途资讯

　　探索二号船票可以通过雅趣旅游公司（Abercrombie & Kent）预定，它是驶向南极洲的30艘航船中的一艘。可以从阿根廷的布宜诺斯艾利斯或者智利的圣地亚哥乘坐飞机到达乌斯怀亚，英国航空公司的航班也飞往布宜诺斯艾利斯，从那里可以乘坐阿根廷航空公司的航班飞往乌斯怀亚。雅趣旅游公司可以应顾客的要求安排航班。多带一些保暖的衣服至关重要；多层薄衣要比一两层厚衣服保暖性强。探索二号会为乘客提供暖和的防水外套。威灵顿靴子也是必备的，因为在黄道上岸的时候会把普通鞋子弄湿。在船上会有专门的人员向乘客介绍与野生动物相处时的注意事项。在经过的任何一个地方都不能带走任何东西。每天还有专家介绍南极洲的知识。航线和停泊的港口因天气状况不同而随之改变。所以旅程会比较灵活机动。

图书在版编目（C I P）数据

走进梦想者的天堂/（英）沃肯斯，（英）琼斯著；
吕晓冉译.—北京：中国传媒大学出版社，2007
（梦想之旅）
ISBN 978-7-81085-945-5/K · 945

Ⅰ. 追… Ⅱ.①沃…②琼…③吕… Ⅲ.游记—作品集—
英国—现代 Ⅳ.I561.65

中国版本图书馆CIP数据核字（2007）第040917号

The translation of Unforgettable Journeys To Take Before You Die
first published in 2006 by BBC Worldwide Limited under the titles
of Unforgettable Journeys to Take Before You Die is published under
licence from BBC Worldwide Limited
© Steve Watkins and Clare Jones 2006
© notice for BBC Worldwide Limited 2006

走进梦想者的天堂

责任编辑：庞　强
策划编辑：孙红梅
文字编辑：陈秀梅
美术编辑：姜柏含
责任印制：曹　辉
出 版 人：蔡　翔

出版发行：中国传媒大学 出版社（原北京广播学院出版社）

社　　址：北京市朝阳区定福庄东街1号　　邮编：100024
电　　话：65450532或65450528　　　传真：010-65779405
网　　址：http://www.cucp.com
经　　销：新华书店总店北京发行所
印　　刷：北京盛通彩色印刷有限公司

开　　本：880×1230　1/24
印　　张：10
版　　次：2007年5月第1版　2007年5月第1次印刷

ISBN 978-7-81085-945-5/K · 945　　定价：39.80元
著作权合同登记　图字：01-2007-2326

版权所有　　　翻印必究　　　印装错误　　　负责调换